君がいなくなるその日まで

永良サチ

STARTS
スターツ出版株式会社

地球が青くて丸いように
明日は絶対に来るものだと思っていた

でも、当たり前の日常なんてひとつもなかった
訪れるかわからない明日をきみはどんな気持ちで待っていたの?

私は恋なんてしないと決めていたのに
恋をしても苦しいだけだって、わかっていたのに

気づけばきみに、どうしようもなく惹かれていたんだ

目次

君がいなくなるその日まで

第1章　運命という名の

人間は生まれた瞬間から運命が決まっているらしい。

だから今、自分が死ぬか生きるかの瀬戸際に立たされていても、なにも感じない。

たとえ、十七歳で消える命だったとしても、私はそれに従うだけ。

難しいことじゃない。私にとっては簡単なことだ。


「舞《まい》」

ベッドの上で横になっていると、お母さんが大きな荷物を抱えて部屋に入ってきた。

紙袋と旅行用のボストンバッグには、数日分の着替えが入っている。

わざわざ持ってきてくれたお母さんにお礼も言わずに、私は布団を頭まで被《かぶ》った。

イライラするのは、お母さんに対してじゃない。毎日決まった時間に採血をして、Ｗｉ‐Ｆｉも使えない場所に閉じ込められている状況が許せないだけだ。

「今日はすごく天気がいいから、カーテンでも開けたらどう？」

私の返事を待たずに、お母さんが窓に近づいた。白いカーテンの隙間から、眩《まぶ》しい光が入ってくる。それを嫌うように、私はさらに布団で顔を隠した。

「早く閉めて」

「……でも」

「外に出たくなるからやめて」

語気を強めて言うと、再びカーテンは閉まった。

私の心臓は生まれた時から欠陥品だ。──病名は心臓病。

無理な運動はできなくても、それなりに普通の暮らしを送っていた。友達もいたし、彼氏もいたことあるし、学校に行ってオシャレを楽しんで、充実した高校生活を過ごしていた。

それなのに一か月前、私の心臓は突然悲鳴を上げた。三時間目の数学の授業中だった。胸が苦しくなって息ができなくなった私は、そのまま病院に運ばれた。それからはずっとこのベッドの上にいる。

病気なんだから仕方ない。突発性の発作が起きることははじめてじゃないし、なにかしらのトリガーが発動して、たまたま意識を失っただけのこと。そうやって割りきろうと思っても、不満は溜《た》まっていく。なんで、どうして、私の心臓はこんなに弱いんだろう。

「……私、いつ頃、退院できるの？」

小さな声で、お母さんに尋ねた。学校では二学期がはじまったばかりで、文化祭の話し合いもしていた。クラスの出し物もようやく決まって、私が任されている担当だってあった。早く退院したい。じゃないと、みんなに迷惑がかかってしまう。ただでさえ、目の前で倒れて心配をかけているんだ。一日でも早く、普通の生活に戻らないと……。

「今日の診察の時に風間《かざま》先生から話があると思うから」

私の焦りとは真逆に、お母さんは冷静に答えるだけだった。

迎えた午後。私はお母さんと一緒に診察室と書かれた部屋の中にいた。正面に座っている風間先生は、私のことをずっと診察してくれている主治医だ。年齢は四十代後半くらいで、結婚もしていると噂《うわさ》で聞いたことがある。一見すると怖そうな顔をしているけれど、性格は温厚で、物腰も柔らかい。先生とは長い付き合いだけあって、話しやすいし、私も信頼しているけれど……。最近少しだけ、よそよそしさを感じていた。それが勘違いだったらいいと思っていたのに、予想は的中してしまった。

「舞ちゃん、そろそろ心臓移植《いしょく》について本気で考えてみようか」

今まで幾度となく、心臓移植の話はされてきた。『今すぐではないけれど、いずれ必要になる』そんな言葉を嫌というほど聞かされてきたおかげで、とくに動揺はしなかった。

「まだ平気だよ。だって私、こんなに元気だし」

「外見の変化はなくても、舞ちゃんの心臓は日に日に弱くなっているんだ。移植には長い準備期間が必要だってことは舞ちゃんも知ってるよね？」

「知ってるけど、今じゃなくてもいいでしょ？　そんなことより退院はいつ……」

「舞」

お母さんに声を遮られた。風間先生とお母さんが、私のことを見ている。いつもならひとりでする診察を、なぜか今日はお母さんとふたりでと言われた時から嫌な予感はしてたんだ。どうせ私がいないところで、移植のことを話し合っていたんだろう。

大人はズルい。そうやって話を擦り合わせる時間は設けるくせに、私にはゆっくり考える時間すらくれない。今すぐじゃないって言ったのに、遠い未来のことだと思っていたのに、気づけば心臓移植という大きな問題がこんなにも近くにあった。

「もしも心臓移植を受けなかったら……私はあとどのくらいで死ぬの？」

その質問に、診察室が静まり返る。どのくらい生きられるのかを聞こうとしていたのに、なぜか死という言葉のほうが先に出ていた。

「三年以内」

風間先生は誤魔化すことなく、はっきりと教えてくれた。

部屋に戻ったあと、私は先生から手渡された移植の案内を眺めた。心臓移植をするためには、自分の名前を登録しなければいけないこと。登録したからといって、必ずしも移植が受けられるわけではないこと。その他にも心臓を提供してくれる人――ドナーが見つかる確率とか、心臓適合の基準とか、ある程度のことは理解していても、難しい単語ばかりで頭に入ってこなかった。

「舞、すぐに名前を登録しよう」

切羽詰まったように、お母さんから強く手を握られた。お母さんは風間先生に絶対的な信頼を置いている。私にとっては親近感がある人でも、医者の中ではけっこう名前が通っているらしい。そんな先生が移植を勧めている。普通に考えれば拒む理由は、見当たらない。

「名前を登録するっていってもアプリみたいに簡単にできるわけじゃないんでしょ。なんか血清?とかも保存しとかないといけないみたいだし、年に一回の更新もあるっぽいし」

「大丈夫。舞は手続きのことなんて気にしなくていいの」

「それに、今日移植の話があるなら先に言ってくれたらよかったじゃん。お母さんは事前に知ってたんでしょ?」

「少し前にお父さんと三人で話したのよ」

「え、お父さんも……?」

お父さんは現在、単身赴任で北海道に行っている。話し合いに参加したってことは、わざわざ帰ってきたのだろうか。そんなの私は聞かされてないし、昨日も他愛ない内容のメッセージが送られてきたけれど、移植についてはなにも言ってなかった。どうして隠すんだろう。私のことなのに、私の心臓のことなのに、知らない間にどんどん話が進んでいる。

「……お父さんは移植のことはなんて？」

「もちろん移植を希望してる。でも舞の気持ちが大切だから、話し合おうって」

「じゃあ、来月とか再来月あたり、かな。次にお父さんが帰ってくる時に合わせてしたほうがいいだろうし」

淡々と喋《しゃべ》る私を見て、お母さんの表情がみるみる険しくなっていった。

「心臓移植をするためには色々な条件があって、仮にドナーが現れたとしても、その人の血液型とか体重とか、舞の体と適合しないと手術できないの」

「うん、知ってる」

「つまりそれだけ確率が低くて難しいってことなのよ。だからこそ、一日でも早く舞の名前を登録する必要があるってことは、わかるわよね？」

「わかる、けど……」

「もしかしたら明日、ううん、この瞬間にも舞の体と適合してる人がいるかもしれない。風間先生もおっしゃっていたけど、もしも移植できなかったら、舞は二十歳まで生きられるかわからないのよ」

「い、痛いよ、お母さん」

思わず、握られた手を振り払った。お母さんの焦りを表しているみたいに、私の手には指痕がくっきり浮かんでいる。

お父さんは話し合おうと言ってくれた。でもお母さんは、その時間すら惜しいというような雰囲気だ。

移植を希望するのか、しないのか。それさえもまだ私は、誰からも聞かれていない。

「もう少し考えさせてよ。私も色んなことが急すぎて、なにがなんだか……」

「考えるのは登録してからでいいじゃない。早く舞の移植が決まらないとっ……」

言葉に詰まりながら、お母さんが泣いていた。私の体のことだけど、私だけの問題ではない。数年先かもしれないことを、今決断しないと間に合わない。そのくらい、心臓移植を受けられる可能性は低いってことなんだと思う。

「……わかった。登録するよ」

いずれ動かなくなる心臓が、こんな時にだけ激しく動いていた。

お母さんが帰ったあと、私は部屋を出て病院の屋上に向かった。この病院は七階建てで、リハビリ庭園にもなっている屋上には、季節の花が咲いている。日中は外来患者の出入りも多く、比較的賑《にぎ》わっているこの場所も夕方になれば貸切だ。

「さむっ……」

元々寒がりな私は、夏が過ぎてしまえば秋を無視して冬用の洋服を引っ張り出す。

一応、ここでは入院着が用意されているけれど、私は家にいた時と同じスウェットを着るようにしている。袖を限界まで伸ばして、ひんやりしている手すりを握った。

心はどんよりしているのに、目の前にある夕焼けは無情にも綺麗《きれい》だった。

病院は嫌い。ここは私から〝普通〟を奪う場所だから。入院生活になっても、学校の友達とは連絡を取り合っている。呼吸器系の持病があると誤魔化して、今まではなんとか乗りきってきた。でも入院が長引けば、いつかはその嘘もバレる。心臓病だということを言いたくないのは、いまだに病気と向き合うことが怖いからだと思う。

「──岩瀬《いわせ》舞さんだよね？」

冷たい風が頬をかすめた瞬間、後ろから声がした。ゆっくり振り返ると、そこには男の子が立っていた。整った顔をしている彼は身長も高くて、モテそうな雰囲気を漂わせている。こんなに目立つ人を忘れるわけがないから、きっと初対面だ。なのに、彼は私の名前を知っている。

「……誰、ですか？」

「名前は宇佐見《うさみ》慎《しん》。僕もここに入院してるんだ」

どうやら名前だけじゃなくて、私が入院していることもわかっているらしい。

「なにか用でしょうか？」

「用がないと話しかけちゃダメなの？」

「知らない人に名前を呼ばれたら、誰だって警戒すると思いますよ」

私はあえて、無愛想に接した。ここが学校だったらそれなりに愛想よくするけれど、今は友達も人付き合いも必要ない。ましてや同じ入院患者と馴れ合う気もなかった。

「そっか。ごめんね。一方的にきみのことを知ってたから、つい」

感じが悪い私に対して苛立《いらだ》ちを見せることもなく、彼は素直に謝った。……変な人。いや、変を通り越して、お人好《ひとよ》しだと思う。

「ここから見える夕日って綺麗だよね。あそこに並んで建ってるビルがあるでしょ。あの隙間から電車が見えるんだよ」

警戒という言葉を気にしているのか、彼は少しだけ距離を取って、私と同じように手すりを握った。太陽にさらされていない白い肌。透明のような彼の手は内側にある血管が透けていて、まるで地図のようになっていた。

「……インディアングラスフィッシュみたい」

「え？　インディアン……なに？」

「昔、飼っていた熱帯魚の名前」

ほんのり黄色味を帯びた体が特徴的で、彼みたいに透けていたことを思い出した。

「舞って、面白いことを言うんだね」

「馴れ馴れしくしないで」

「そっちから話しかけてきたくせに」

「今のは独り言です」

「僕のことも、これからは慎でいいよ」

「呼ばないし、これからもなんてないよ」

「なんで？　明日も会おうよ」

彼が柔らかく笑った。どうして、そんなふうに笑えるんだろう。私は入院生活になって、いつも不機嫌だし、性格も悪くなった。だけど、彼はどこも擦れていない。大袈裟《おおげさ》に言えば、目の前で輝いている夕焼けよりも、ずっとずっと彼のほうが綺麗なものに思えたんだ。

＊

「舞ちゃん、おはよう」

病院の朝は早い。いつも六時ぴったりに看護師の中村《なかむら》さんという女性がやってくる。

ちなみに消灯は午後九時。そのサイクルに慣れたくなんてないのに、最近は六時に目が覚めて、九時に眠くなる。体って、けっこう単純だ。

「あら、それはなに？」

採血の準備をしている中村さんが、私の手元に目を向けた。手のひらに乗っているのは、黄色の折り紙で作られた鶴だ。

「さあ。起きたらテレビボードの上に置いてあった」

「ひょっとして、慎くんかな？」

「え？」

「あ、慎くんは舞ちゃんと同い年の子で、三〇二号室の患者さんなの。さっき廊下ですれ違って、起床時間前に出歩いちゃダメよって注意したらトイレだって。違う階のトイレを使うなんておかしいと思ってたのよね」

お喋り好きの中村さんは、いつも聞いてないことまで教えてくれる。仮に折り紙を置いていったのが彼だったとしたら、私が寝ている間に部屋に入ったことになる。扉の横に名札が貼られているから病室がバレるのはやむを得ないとしても、普通に考えて怖いし、無許可で部屋に入ってくるなんてルール違反だ。

「これ、返すから」

朝食を済ませて廊下に出たら、彼に会った。すかさず突き返したのは、もちろん鶴の折り紙だ。文句を言うために病室まで行こうとしていたから、手間が省けた。

「舞にあげたものだよ」

「いらない」

「なんか怒ってる？」

「勝手に部屋に入ったんだから当たり前でしょ」

「寝顔は見てないよ」

「そういう問題じゃない」

なかなか受け取ろうとしない鶴を、無理やり彼に渡した。悪びれる様子がない彼の態度に、ますます私の感情は逆撫《さかな》でされていく。

「私はあんたと仲良くするつもりはないから」

「僕は舞と仲良くなりたいんだけど」

「だからなんで？　タメだから？　他に友達いないわけ？」

「いなかったら舞が友達になってくれるの？」

「なるわけないでしょ。私、ここでは誰とも関わる気ないし」

「ここではって、どういう意味？」

「私は普通でいたいんだよ」

「それって、病気持ちの人は普通じゃないってこと？」

「……………」

自分が今、最低なことを口にした自覚はある。私は生まれてから健康な体を知らない。私が同じように差別されたら、悲しいし悔しいと思う。

だけど私は、病院の外には広くて明るい世界があることを知っている。好きなものを食べて、好きな場所に行って、好きな人だって作ることができる自由な世界。

みんなと同じように全部ができなくても、私は誰よりも〝普通〟に憧れている。だから、ここにいる自分のことを受け入れたくない。受け入れてしまったら……私はもう、みんながいる場所には帰れない気がした。

「引いたなら、それでいいよ」

「引かないよ。舞の大切な気持ちでしょ」

「そうやって、いい人ぶらないで」

私はまた最悪な言葉を吐き捨てて、彼から離れた。優しくされればされるほど、自分の性悪さが浮き彫りになる。こんな私じゃなかったはずなのに。こんなに人を拒絶する性格じゃなかったはずなのに、なんでこんな言い方しかできないんだろう。

「舞、今日も屋上で待ってるよ」

後ろから、そんな声が聞こえた。私は振り向かなかった。振り向いたら、余裕がない自分の顔を見られてしまうと思ったから。

「うん。もう洋服を下げて大丈夫だよ」

風間先生の診察は毎日必ず一回ある。時間は日によって異なり、今日は午前からだった。診察室はいつも静かで、物音ひとつしない。先生は慣れたように聴診器で心音を聞いたあと、必ずカルテに文字を書き込む。私はこの瞬間が一番緊張するから苦手だ。

「……私の心臓、どう？」

「今のところは問題はないよ。心拍も安定してるし体温も正常だ」

「でも、心臓移植はしなくちゃダメなんでしょ？」

「そうだね。舞ちゃんにとって移植は避けて通れない」

心臓移植はドナーと移植希望者――レシピエントの体が適合しないと手術はできない。私が調べた時点で、心臓移植を希望している患者は九百人以上。その中で私と同じB型の患者は二百二十人もいる。

「ドナーって、どのくらいで見つかるものなの？」

「それは僕にもわからない。移植希望者は信じて待つしかないんだよ」

――信じる。今の私が大嫌いな言葉。だって、私は自分の心臓なら絶対に大丈夫だって信じていた。でも、結局ダメだった。『信じる』ほど、無責任な言葉はない。

「じゃあ、仮にドナーが見つかったとして、私が手術をしたくないって言ったらどうなるの？」

家族には相談できない。本当は先生にも話したくないけれど、これだけは確認しなければいけないと思った。

「その場合、手術は行わない。周りがどんなに望んでも、本人が拒否をすれば手術はできないよ」

先生の返事を聞いて、なぜか心が軽くなったような感覚がした。

診察室を出て部屋へと戻る途中の廊下で、中村さんに会った。私の顔を見るなり手渡してきたのは、突き返したはずの黄色の鶴だった。

「慎くんに渡しておいてって頼まれたの」

中村さん経由なら受け取ると思っているのだろうか。私がもっと冷酷な人間だったら、鶴を握り潰してゴミ箱に捨てる。でも、最低なことは口にできても、そこまではできそうになかった。

「あの人……慎って人、みんなに対してもああなの？」

「ああって？」

「うまく言えないけど、距離感が近いっていうか、人懐っこくて困るんだけど」

「慎くんは誰に対しても優しい子よ」

「いや、優しさと距離感は違うでしょ。私に折り紙を渡してくる意味もわかんないし」

「鶴には長寿祈願、災害祈願、病気快癒と色々な意味があるからね」

「え、じゃあ、病気が治って長生きしてほしいって意味で渡してきたってこと？」

「うーん、それはどうかしら。あ、もしかしたら、幸福祈願のほうかもしれないわ」

「幸福祈願？」

「舞ちゃんに幸せがたくさん訪れるようにっていう祈りが込められているのかもね」

優しく微笑《ほほえ》む中村さんの手から、思わず折り紙を受け取ってしまった。鶴にたくさんの意味があったとしても、やっぱり彼に祈ってもらう義理はない。

けれど、そんな気持ちとは裏腹に、私の足はあの場所に向かっていた。馴れ合うつもりはない。仲良くする気もない。別に会いにきたわけじゃないし、私もこの場所が気に入っているだけ。

「待ってたよ、舞」

それなのに、私のことを見て嬉しそうな顔をする彼を見たら、どこか息が吸いやすくなった自分がいた。

――『そうやって、いい人ぶらないで』

あんなことを言っておいて、のこのこと屋上までやってきた私はどう考えても矛盾《むじゅん》している。どんな顔をしたらいいのかわからなくて、羽織っているパーカーのフードを頭まで被った。ゆっくり彼がいる場所へと進んで、隣に並んだところでようやく顔を上げた。さっきは気づかなかったけれど、彼も私と同じ黒のパーカーを着ていた。

「おそろいだね」

「真似《まね》したわけじゃないから」

「うん、知ってるよ」

「……いつからここにいたの？」

「少し前かな」

少しというわりには、彼の鼻先が寒さで赤くなっている。私が来なかったら、どうしていたんだろう。関わらないと頭で反芻《はんすう》していても、きっと心では違う。彼に冷たくすると、自分の中にある罪悪感がひどく疼《うず》き、なんのために折ったのかわからない鶴の意味も、今は知りたいと思っている。

「……中村さんから、幸福祈願かもしれないって言われたんだけど本当？」

ポケットから鶴を出して彼に見せた。潰れないように気をつけていたのに、羽が少しだけ折れて、鶴は悲しそうに下を向いていた。

「それも含まれているけど、単純に舞が喜んでくれるかなって思ったんだ。でも、普通に失敗した。小児病棟の子と接する機会が多いから、その感覚だったんだよ」

「小児病棟って、渡り廊下で繋がってる向こうにあるところだよね？」

「そうそう。僕も二年前までそっちにいたんだ。小児病棟は基本的に十五歳までだからさ」

「じゃあ、ここに長く入院してるの？」

「うん。一般病棟に年の近い人がいないから、舞が来てくれて気持ちが前のめりになった。ごめん、馴れ馴れしくしちゃって」

「別に謝らなくていい」

いつの間にか、空の色が変わりはじめている。入院する前は、焼けるような茜空《あかねそら》が好きだった。でも閉鎖的なこの場所では外に出ることも許されず、夕焼けは一日の終わりを虚《むな》しく教えてくれるだけのものに変わった。

あと、どのくらいこの生活を続ければいいのだろう。

あと、どれくらい耐えれば元の場所に戻れるのだろう。

そんなことを繰り返し考える日々に、本当はうんざりしていた。

なにかを変えたかった。

なにかを変えてほしかった。

彼にまた会えば、なにかが変わる気がした。

「私、あの電車に乗って学校に通ってたんだ」

彼が言っていたとおり、ビルとビルの隙間から電車が見えた。

中学三年の時、受験のことでお母さんと大喧嘩《おおげんか》になった。電車通学がしたい私と、家から近い高校に通ってほしいお母さんと意見が合わなくて、ずいぶん揉《も》めた。話し合いの末、家の最寄り駅から二駅先の高校を受験したけれど、私が本当に行きたかったのは七駅離れた学校だった。

乗り換えが必要で、駅からも離れているからバスも使う。遠くて不便だけど、お母さんには内緒で高校説明会にも参加した。なにがなんでも行くんだって決めていたけれど、『なにかあったらどうするの？』というお母さんの一言で私はその高校を諦めた。

発作が起きれば、周りに迷惑がかかる。重い病気だとわかった瞬間に、離れていった友達も過去にいた。だからこそ、高校ではなにがなんでも元気に振る舞った。入院してから性格が悪くなったと思っていたけれど、きっと今の自分が本当の私なんだ。

「高校って、楽しそうだよね」

「あんたは……慎は高校に通ってないの？」

「中学は通ったことがあるけど、高校は受験もできなかった。まあ、受かったとしても入退院の繰り返しだし、すぐ留年になって結局辞めることになってたよ」

暗い話でも、彼の表情は明るい。大人っぽい見た目をしているのに、中身は純粋無垢という感じで汚れがない。

「ねえ、今から嫌な質問するかもしれないけど、いい？」

「どうぞ？」

「答えたくなかったら、答えなくていいから」

「そんなに遠慮しなくてもいいって。舞が聞きたいことはなんでも聞いていいよ」

「慎は……なんの病気なの？」

これは、私が聞かれたくない質問でもある。答えた内容が重くても軽くても、相手は必ず『大変だね』って、憐れみの目をする。可哀想だと思うくらいならしなきゃいいのにと思っていたことを自分から聞いたのは……。彼が今までどういう生活をしていたのか、どういう人なのか、知りたいと思ったからだ。

「舞と同じ、ここ」

彼が微笑みながら、ある場所を指さした。

それは左側の胸――心臓だった。

まるで時間が止まったみたいに、息をするのも忘れていた。聞いたのは自分なのに、やっぱり聞かなければよかったって思った。だって慎があまりに優しい顔をするから、私は少しだけ泣きそうになったんだ。

第2章　距離という名の

普段から、無闇に病院を出歩かない。知っている人に会わないとは限らないし、他の患者とも極力遭遇しないようにしてきた。でも私は今、行き慣れていない階の廊下を進み、慎重に部屋番号を確認していた。

「……ここだ」

足を止めたのは、慎の病院である三〇二号室の前。暇だったら遊びに来てと誘われたものの、かなり緊張している自分がいた。ノックって、何回すればいいんだろう。午後の診察は終わっている時間だから、多分中にいると思うんだけど……。意を決してノックをしようとしたら、勝手に扉が開いた。

「「わっ……！」」

私と慎の声が恥ずかしいくらいにハモった。どうやら、なかなか来ないことを心配して、私の様子を見にいこうとしていたらしい。

「なんにもないけど、入って」

「お、お邪魔します」

「そんなにかしこまらなくていいよ」

「でも私、自分以外の病室に入るのははじめてだから」

「僕も自分から人を呼んだのは、はじめてだよ」

「えっ」

私の反応を楽しんでいるように、慎が意地悪な顔をした。今のは、冗談だったのかもしれない。気を取り直して静かに足を進めると、日当たりがいい部屋が広がっていた。部屋に置かれているものは、当たり前だけど私の病室と変わらない。だけど匂いだけは違っていて、ちゃんと全部慎の香りがした。なんで、こんなにいい匂いがするんだろう。まるでお日さまみたいな香りだ。

「あ、これって……」

ふと、テーブルの上に置かれた色とりどりの折り紙を発見した。無造作に散らばっている中には、すでに完成されているものも確認できる。

「慎って、折り紙得意なの？」

「前に話した小児病棟の子が僕の部屋に遊びに来るんだけど、その時に一緒に折ってるだけだよ」

「そうなんだ」

今まで折り紙に触れる機会はなかったけれど、一枚の紙で色々な形ができるのって、単純に考えてすごいと思う。

「じゃあ、今度うちの弟になにか折ってあげてよ」

「舞って、弟いたんだ」

「いるよ。名前は和樹《かずき》。慎は兄弟いる？」

「僕はひとりっ子。和樹くんは何歳？」

「九歳で、今は小学三年生だよ」

年齢でいうと、私とは八歳差だ。弟と年が離れている理由を、今は亡きおばあちゃんから聞いたことがある。私の心臓病が生まれつきだったことで、お母さんはずっと自分を責めていたらしい。

臨月まで働いたせいではないか。自分がなにかよくないことをしてしまったんじゃないかと思い続けていたこともあって、二人目をなかなか作れなかったそうだ。

この病気は誰のせいでもない。現に同じお腹から生まれてきた和樹は病気知らずで、サッカーばかりやっているくらい元気だ。なのにお母さんは、きっと今でも責任を感じている。

――『健康に産んであげられなくてごめんね』

子供の頃に言われた言葉が、今でも頭から離れない。

「……ま、い、舞？」

我に返ると、慎が心配そうに顔を覗《のぞ》き込んでいた。

「な、なんでもない、なんでもない。ちょっとぼんやりしてただけ。あ、せっかくだから私にも折り紙教えてよ」

気持ちを切り替えるためだけに言ったことだったのに、彼は本当に折り紙の作り方を丁寧に教えてくれた。テーブルを挟んで向き合うこと十五分。なんとかして完成した折り紙を見て、慎が噴き出した。

「それ、タヌキじゃん！」

ちなみに教えてもらったのはネコだ。

「ねえ、待って、色が悪いんだと思う。なんでそっちは灰色なのに私は焦げ茶色なの？」

「色じゃなくて、折り方だと思うよ」

「ちゃんと慎の真似して折ったよ」

「ちょっとしたところで手を抜くと、こうやって形が崩れるんだよ」

「それって、私のことを雑だって言ってる？」

「そこまでは言ってない」

換気のために開いている窓から、柔らかい秋風が入ってくる。慎の髪の毛が風の動きに合わせて揺れていた。ここが病院であることは変わらないのに、とても心地いい場所のように思えた。

「舞、どこに行ってたの……!?」

自分の病室に戻ると、お母さんが慌てた様子で駆け寄ってきた。お母さんは着替えを持ってきてくれるだけじゃなくて、仕事終わりに必ず私の顔を見にくる。

「ちょっと、院内を散歩してただけだよ」

慎のことは、あえて話さなかった。隠す必要はないけれど、あれこれと聞かれるのも面倒だと思ったから。

「さ、散歩……それならいいのよ。ほら、普段舞は診察に行く以外は滅多に部屋から出ないから、心配になっちゃって」

「屋上とかなら、たまに行くよ」

「え、屋上？　なにしに行くの……？」

「普通に景色を見たり、外の空気を吸うだけ」

「そ、そう」

お母さんは心配性なうえ、私に対して過干渉だ。さすがに屋上から飛び降りるなんて物騒なことは想像してないだろうけれど、お母さんから見れば私はどこにいても不安しかないのかもしれない。

もう十七歳だし、少しは信用してほしいと思ってるけれど、長く話すとお互い語気が強くなりやすいから、私も余計なことは言わないようにしている。

「お花のお水を替えてくるね」

部屋にあった花瓶を持って、お母さんが廊下に出た。お母さんはいつも私のところに来るたびに、綺麗な花を持ってくる。うちの庭に花は咲いてないから、どこかで買ってくるんだろう。

殺風景な部屋に彩りを与えるために。私の気持ちを少しでも明るくするために。お母さんが花を持ってくる理由は、きっとひとつではない。でも私は、その理由さえ聞けずにいる。

深いため息をついて、学校で使っているリュックを開けた。学校で倒れたこともあって、通学用のリュックはいつもベッドの横にある。中には授業のノートやペンケース。メイクポーチにヘアアイロンなどが入っている。

【菜々美と秋子と食べ放題に行った！】

スマホを取り出してすぐに確認したのは、友達がやっているSNSだ。癖のように開いてしまうSNSには、楽しそうな写真もアップされていた。

私には百合《ゆり》、菜々美《ななみ》、秋子《あきこ》という友達がいる。三人は元々同中出身で、高二のクラス替えを機に私はみんなと同じクラスになり、百合から声をかけてもらったことがきっかけでグループに入れてもらった。

学校には一軍、二軍、三軍とわかりやすい階層構造がある。私は高一の時も友達と呼べる人はいなかったからランクで言えば最下層、一方の百合たちは一年生の時から目立っている一軍女子だった。

そんな自分とは違いすぎる場所に入れてもらっていいのか不安だったけれど、百合たちはすごく仲良くしてくれた。だから私も今までやったことがないSNSをはじめて、みんなが投稿する写真にはいいねを押した。ご飯の時もお風呂の時も寝る直前までスマホを手放さない生活をしていたけれど、入院になってからは少しだけ距離を置きたいものに変わっている。……食べ放題、みんな昨日行ったんだ。

こういうことをいちいち気にするのも嫌だし、学校に行けないことで気ばかりが焦ってしまう。だけど、百合たちのSNSをチェックしてしまうのは、みんなが私のことを忘れていないか確認したい気持ちがあるからだ。私は食べ放題の投稿にいいねを押した。すると、すぐに百合からメッセージが来た。

『舞〜！　体調はどんな感じ？』

百合は私以上にスマホを肌身離さず持っているタイプだから、誰が投稿に反応してくれたかも常にチェックしている。

『元気だよ。なかなか連絡できなくてごめんね』

『全然平気だよ！　いつ頃退院できそー？』

『うーん、もう少しかかるかも』

百合はメッセージの返信も早い。最初はそのペースにも付いていけないことがあったけれど、自分なりに順応してきた。華やかで明るくて、順風満帆な高校生活を送っているはずだったのに……。あの日の発作で、今まで努力してきたものが一瞬で壊れてしまった。

『えーまだ退院できないんだ。じゃあ、みんなでお見舞いに行くよ！　舞の病室って何号室？』

『大丈夫だよ。わざわざ来てもらうのも悪いし』

『なんでよ、行く、行く。菜々美たちにも言っておくから！』

テンポよく続いていたメッセージに返信することができずに、私は画面を見つめたまま、固まっていた。気持ちはありがたいけれど、頭に浮かんでいる言葉は〝どうしよう〟だった。

今までもお見舞いの話題は何度か上った。そのたびに私は『すぐ退院できるから』なんて、一時逃れの嘘をついてやんわりと躱《かわ》してきた。でも今日は断れない雰囲気だ。もしかして、呼吸器系の病気じゃないと怪しまれているのだろうか。

「はあ……」

友達のことを疑ってしまう自分が嫌いだ。私は百合たちに病室を教えた。正直、お見舞いなんて嬉しくない。だって病院に来れば、私は患者で友達は見舞い客。ただでさえSNSを見るだけでみんなとの違いを感じているのに……。私はこれ以上、自分と友達との差を感じたくない。

＊

――『舞って、自分で気づいてないだけで人生損してると思うよ』

私にそんなことを言ってきたのは、はじめて付き合った彼氏だった。

恋愛に無頓着だった私に百合がひとつ上の庄吾《しょうご》先輩を紹介してくれた。バスケ部のエースだった先輩は私と繋がらなくても、つねに女子から黄色い声援を上げられているほどのモテ男子。話が合うか不安だったけれど、とりあえず最初はメッセージのやり取りからはじめた。

次第にその頻度が増えて、電話もするようになり、自然な流れで告白された。先輩を好きだったかどうかはわからない。でも、はじめて告白されて浮かれていた。

百合たちにも彼氏がいるし、自分も誰かと付き合えばもっとみんなと〝同じ〟になれるという気持ちもあって、私は先輩からの告白を受け入れた。

だけど、楽しい時間は長く続かなかった。先輩はいい人だったけれど、とてもアクティブで、その体力に付いていけないこともあった。

『カフェで休憩しようか。舞はなにがいい？　あ、ミルクティーがおすすめだって』

『えっと、紅茶は飲めないんです』

『あー、そういや前に言ってたね。じゃあ、カフェラテは？』

『カフェイン全般がダメで……』

『え……そうなんだ。なら、どうする？　あんまり飲めるのなさそうだから違う店がいい？』

先輩は面倒だと思っている時には、すぐ声と顔に出る。直接言葉にしなくても、百合たちといる時もこういう空気になることが多々あった。

心臓に負担をかけないための運動制限の他にも、私は食事にも気をつけなければいけない体だ。私自身も、面倒だと思う時がある。だけど、食べ物でも心臓を守らなければいけないということは、お母さんからも風間先生からもきつく言われていることだった。

結局、その時私はりんごジュースを頼んだ。先輩とカウンター席に座って、次の日曜日に遊園地に行こうと誘われた。絶叫マシーンが好きだという先輩に、動きの速い物に乗れないことを伝えたところ……。

『カフェインも遊園地もダメなんて、どこだったら行けるの？　舞って、自分で気づいてないだけで人生損してると思うよ』

そんなナイフよりも痛いことを言われてしまったのだ。その時、なんて答えたのかは覚えてない。きっとこれ以上気分を悪くさせないように、『そうですか～？』と笑った可能性もある。そういうことが積み重なって、庄吾先輩とは一か月も経《た》たないうちに別れた。

本気で好きだったわけじゃなかったし、落ち込むこともなかったけれど、〝人生損してる〟という言葉だけは今も胸の奥に刺さったままだ。

＊

迎えた週末。今日は約束どおり、百合たちがお見舞いに来る日。なんとなく気が重かったけれど、テレビボードの上に置かれた折り紙を見て、少しだけ心が和んだ。

慎が作ったであろう今日の折り紙はクマだった。ベッドの横にある引き出しを開けて、お菓子の缶を手に取った。その中には最初に貰《もら》った鶴と合わせて、先日のネコも入っている。

勝手に部屋に入ってくることは、もう不思議と腹が立たない。むしろ、次はなにを折ってくれるんだろうと、楽しみにもなっていた。彼が作る折り紙は、なぜかとても温かい。新しいクマを缶の中へと加える頃には、暗くなりかけていた気持ちが消えていた。

「……よし！」

私はベッドに備え付けられているテーブルを準備した。鏡を用意してはじめたのは、一か月ぶりのメイクだ。学校に通っている時はもちろん毎日してたけれど、入院生活になってからは必要性を感じなくて、メイク道具にすら触らなかった。

約三十分かけて完成した自分の顔。こんなことを思うのはおかしいかもしれないけれど、なんだか懐かしい人に会ったような気分がした。

「え、ま、舞？」

百合たちが来るまで、あと一時間。メイクも洋服も完璧なのに落ち着かなくて。たまらずに部屋を出て休憩スペースに向かったら、そこに慎がいた。

「なんで疑問形？」

「え、だって、いつもと違うし……」

それはスッピンと顔が違いすぎるという意味だろうか。今まで素顔のほうが恥ずかしいと思っていたけれど、今はメイク顔を見られるほうが気恥ずかしいかもしれない。

「……変？」

「え、変じゃない！　可愛《かわい》いよ」

「お世辞でも、ありがとう」

「お世辞じゃないのに。これからどこか行くの？」

「ううん。友達がお見舞いに来てくれるんだ」

「それにしては、あんまり嬉しそうじゃないね？」

メイクで素顔は隠せても、慎には私の心が透けて見えているみたいだ。

「病院って退屈だし、来てもらっても色々と気を使わせるじゃん」

「気を使うのは舞のほうなんじゃない？」

「いちいち、言い当てないでよ」

「はは、ごめん。でも、会いにきてくれる人がいるって、嬉しいことだよ。だってそれは舞が誰かと繋がってきた証《あかし》でしょ」

友達といる時、自然体だったかと聞かれたらそうじゃない。無理をしている時も、頑張って話を合わせていることも、笑いたくないのに笑顔を作った日もあったと思う。

——誰かと繋がってきた証。

無理をしていた日々が正解じゃなくても、間違いではなかったと、慎が言ってくれたような気がした。

『ちょっと早いけど、駅に着いたよ！』

『手土産を持って会いにいくね』

『舞に会えるの楽しみ～』

四人でやっているグループトークに、次々とメッセージが届く。百合たちはわりと時間にルーズなところがあるから、今日も勝手にのんびり来るだろうと思っていた。念のために、早く準備をしていてよかった……。

「友達、もう着くって？」

「うん。私、顔とか髪とか平気？　洋服もダサくない？」

「大丈夫だよ。ほら、早く部屋に戻りな」

慎から背中を押された。それに抵抗するように足に力を入れたら、「行きたくないの？」って笑われた。違う、そうじゃなくて、折り紙のお礼も言ってないし、まだ話し足りない気がしてしまった。でも、それを素直に伝えられそうにない。そんな私の気持ちを悟ったかのように慎は……。

「また、屋上で」

魔法みたいな言葉をくれた。

「舞、元気そうじゃん！　退院するまで時間がかかるって言ってたから心配してたんだよ」

一か月ぶりに会う友達は、なにも変わっていなかった。百合は相変わらずオシャレで、菜々美と秋子もすごく元気そうだ。

「わざわざ来てくれて、ありがとう」

「そんなの当たり前じゃん！　美味《おい》しいゼリー買ってきたから、いっぱい食べな」

「えーこれってシャインマスカットでしょ？　貰っちゃっていいの？」

「いいよ。舞がゼリー好きなことくらい、うちらは当たり前に知ってるんだから！」

百合が私の肩に手を置くと、菜々美と秋子も頷《うなず》いてくれていた。みんなに会うことを躊躇《ちゅうちょ》していたのが嘘みたいに不安がなくなっていく。

私は心のどこかで、みんなの仲間に入れてもらっているという意識があった。百合たちは中学の時から仲良しだから、私がいない間に三人グループに戻っているんじゃないか。退院できたとしても、学校に私の居場所はないんじゃないかと怖かった。

でもちゃんと、みんなの関心の中に私がいる。それだけでずっと引っ掛かっていた胸のつかえが取れた感覚がした。

「あ、食べ放題の写真見たよ！」

「あそこの店、少し前に動画でバズったんだよ。値段も格安なのにケーキもお寿司《すし》も食べ放題！」

「ケーキも？　すごいね！」

「舞も退院できたら一緒に行こうよ。あ、その前に文化祭か。舞は文化祭、参加できそう？」

菜々美からの質問に、即答できなかった。気づけば文化祭まで二週間を切っている。

私はクラスTシャツ係を任されていた。クラスごとに決められた予算の中で生地を選んで、デザインはどんな感じにするのか考えようとした矢先に、私は学校で倒れた。

きっともう、クラスTシャツは完成しているだろう。私の代わりに引き受けてくれた人がいるはずだけど、それをみんなに聞く勇気が出なかった。私がいなくても、代わりはいる。私がやらなくても、誰かがやってくれる。その現実を言葉として聞きたくなかった。

「文化祭はまだわかんないや。ごめんね」

「来れたとしても舞はクラスの仕事はできないよね？　ほら、うちチュロスの模擬店じゃん。作るほうも接客も病み上がりだときつそうだし」

「まあ……うん、そうだね」

「この前、みんなで試作会を開いたんだけど、チュロスまじで美味しかったんだよ！」

「でも秋子がチョコチュロスを焦がしちゃって、それだけは苦かった！」

「でも、チョコだから見た目的には失敗じゃなかったでしょ？」

「いや、大事なのは見た目じゃなくて味だから！」

菜々美のツッコミに、百合と秋子が笑っている。私も同じように笑ったけれど、やっぱり少しだけ苦しさも混ざった。楽しかった時間の中に自分がいない。来月には体育祭があって、その次には球技大会があって、年明けには修学旅行も控えている。

文化祭だけじゃなくて、私はそれらにも参加できないのだろうか。そうなったら、もっと話に入れなくなる。いつ退院できるかわからない焦りが顔に出ていたのか、百合から「やっぱり具合悪い？」と心配されてしまった。

「う、ううん、平気平気！　文化祭、行けるようになんとかしてみるから」

「じゃあ、オッケーが出たらすぐ教えて。クラスのみんなにも共有するね！」

「うん、わかった」

そのあと百合たちと他愛ないことを話したけれど、みんなは騒ぐと迷惑になるからと、一時間ほどで帰っていった。

「……はあ」

静かになった病室で、天井を仰ぎ見る。百合たちはわざわざ時間を作って会いにきてくれた。私の好きなゼリーまで持ってきてくれて、今でも私のことを友達だと思ってくれている。

それだけで十分のはずなのに、このあとみんなで遊びにいくんだろうとか。SNSにアップできそうなアフタヌーンティーを予約していそうだなとか、そういうことを考えている自分に心底うんざりした。

……私、捻《ひね》くれすぎでしょ。中学の時から人付き合いがうまくできなかったのは、病気のせいなんかじゃない。病気を理由に、周りの人のことを僻んでしまうこの性格のせいだ。

「あー、もう！」

自分自身にイラついて、その勢いのまま洗面所の前に立った。朝から念入りにしたメイクを落として、洋服もいつものスウェットに着替えた。鏡に映っていたのは、キラキラとは程遠い自分の姿だ。……気合いを入れていたのが、バカみたい。

ひとりでいると、とことん落ち込んでしまいそうになった私は、急ぎ足で屋上に向かった。まだ、いるわけない。だけど、なぜかいるような気がする。逸《はや》る気持ちを抑えながら、屋上の扉を開けた。

「……あれ？　早かったね」

そこにはやっぱり、慎がいた。どうして私はこんなにも、彼に会うと呼吸がしやすくなるのだろうか。ゆっくり慎に近づいたら、まじまじと顔を見られた。

「え、な、なに？」

「メイク落としたんだなと思って」

「……どっちが私らしい？」

「どっちも舞でしょ」

たしかにそうだ。顔を作っていても、作っていなくても、どっちも私。だからきっと、友達の前にいる私と、ひとりでいる私だって、どっちも自分なんだと思う。

「友達と楽しく話せた？」

「楽しいと苦しいの半々かな」

慎は深く聞いてこない。そういうところにも居心地のよさを感じている。

「ねえ、慎も食事制限してたりする？」

「うん？」

「カフェインは飲める？　遊園地には行ったことある？」

「急にどうしたの？」

「そのふたつをしてないだけで、人生を損してるって言われたことがあるんだ」

悪意はなかったのかもしれない。だから、すぐに忘れたらいいだけの話だ。でも簡単に忘れられそうにないほど、今もずっと痛いまま。

「それを言ってきたのって、もしかして彼氏？」

「元ね。慎は彼女いないの？」

「いないでしょ、どう見ても」

「え、なんで？　その顔だったらモテるじゃん」

「舞だって、モテるでしょ？」

「いや、私は全然。多分、性格がきついんだよ。色んなことを斜めから見る癖もついてるし、自分でも可愛げがないってわかるもん。だから、元カレにもちょっと嫌なことを言われたんだと思う」

「そっか」

菜々美や秋子もコミュ力が高いけれど、とくに百合は話し上手で誰からも好かれる。だから、たまに百合だったらなんて答えるんだろうとか、百合だったらもっとうまくやるんだろうとか、比べてしまう瞬間がいくつもあった。

「可愛げがないから、嫌なことを言われても仕方ないって思ってるの？」

「そういうわけじゃないけど、それが普通の反応なのかなって。だって色々と制限がある彼女なんて誰だって嫌でしょ」

「舞が言う普通の人にだって食べ物の好き嫌いはあるし、乗り物が苦手な人もいるよ」

「でも、飲みたいのに飲めない。行きたいのに行けないは、好き嫌いとは違うでしょ？」

「同じだよ。普通の人だって、食べ物や行きたい場所を色んな理由で選んでる。カフェインが飲めなくても美味しい飲み物はあるし、遊園地に行けないなら水族館に行けばいい。それを選ぶのも自分だと思う」

慎の力強い言葉が、心の奥にスッと入っていく。私は今まで、自分で選んでこなかった。それが運命だからと諦めて、無理やり受け入れてきた。でも、これからは自分で選んでもいいのかもしれない。胸に刺さっているナイフをすぐに消すことは難しくても、少しずつ溶かすことはできる。それをしていくのも、きっと自分なんだ。

「やっぱり慎はモテると思うよ」

こんなに優しい言葉をくれる人は、そうそういない。少なからず私が今まで出会ってきた中に、彼のような人はいなかった。

「じゃあ、僕の彼女になる？」

「え、え？」

「だって舞はモテないんでしょ。舞の気持ちを世界で一番理解できるのは同じ病気の僕しかいないと思わない？」

「……なんかそれは、情けをかけられてるみたいで嫌だ」

「え、そんなつもりじゃないのに」

「斜めから見る癖があるって、さっき言ったじゃん」

そんなことを話しているうちに、西の空から夕日が見えた。街全体を覆うように染めている夕焼けは、まるで燃えているような色をしていた。

「……綺麗……」

「じゃあ、得したね」

「え？」

「この屋上にいるのは僕たちだけだから、ここからの夕日も僕たちしか見てないってことでしょ」

「私たち……だけのもの？」

「うん、ふたりだけのもの」

この夕焼けを独り占め、ううん、ふたり占めできるなんて、得以外のなにものでもない。落ち込むこともあったけれど、慎のおかげで今日がいい日に変わった。

彼がいてくれてよかった。これからも、慎がいてくれたからよかったって、たくさん思う日が来るような気がした。

第3章　決意という名の

次の日。お母さんがいつものように新しい着替えを持ってやってきた。少し緊張しているのは、文化祭のことを頼もうと思っているからだ。……もう、小さい子供じゃないのに親の許しがなければ文化祭に行くことすらできない。そんな環境に窮屈さを覚えながら、どうやって話を切り出せばいいのか悩んでいた。私の要望はことごとく却下されるから、すぐに否定される想像しかできない。

友達ともう約束したからって強調する？

それとも、文化祭に行くつもりだからって押しきる？

なるべく喧嘩にはならないようにしたい。だって、お母さんとの言い合いは精神的にも疲れる。うまく文化祭のことを言うには、どうしたらいいのだろうか……。

「あ、そうだ。今日、学校が終わったら和樹がここに来るって言ってたわよ」

色々と頭の中でシミュレーションをしていたら、突然お母さんが思い出したように言ってきた。

「え？　学校帰りってことはひとりで？」

「うん。朝から張り切ってた」

「なんで急に？」

「前々からお願いされてたから急じゃないわよ」

「でも、ひとりで大丈夫なの？　病院までの道もわかってる？」

和樹が通っている小学校はこの病院から近いけれど、その間には横断歩道がある。無事にたどり着けても院内は広いし、受付で面会の手続きをしたり、許可証だって受け取らなければいけない。

「舞ったら、和樹のことになると過保護なんだから」

クスリと笑われて、思わずそれはお母さんのほうでしょと、言いそうになった。

お母さんは和樹に対して放任主義というわけではないけど、わりと信じて任せていることが多い。それに比べて私に過干渉なのは、この心臓のせいだ。

「大丈夫よ。和樹はしっかりしてるから」

お母さんから、しっかりしていると認めてもらえている弟が少しだけ羨ましくなった。なにをしても不安しか与えない私は、そうやって自由にはさせてもらえない。

裏を返せば、お母さんはいつも私のことばかりを優先してきた。それは家の中でもそう。本来であれば姉の私が色んなことを任される立場なのに、和樹は早いうちからなんでもひとりでできるように育てられてきた。

そのことに関して、和樹は不満もあるだろうし、寂しく感じている日だってあるかもしれない。和樹は私のことを、どう思っているんだろう。私にとって、一番近い存在は家族だ。でも、聞けないことや言えないことが一番多いのも家族だと思う。

「姉ちゃん、久しぶり!」

迎えた夕方。和樹が元気よく病室に入ってきた。入院してから弟には会っていなかったから、顔を見たのは一か月ぶりだ。

「ここまで迷わなかった?」

「ちょー余裕!」

「ってか、その前歯どうしたの?」

「み、三日前に抜けたんだよ!」

「なんだ。顔面にサッカーボールでも当たったのかと思った」

「そんなヘマしねーし!」

歯が抜けているだけじゃなくて、口も少しだけ悪くなっている。ひとまず椅子に座るよう促すと、「あ、そうだ!」と和樹は慌ててランドセルからなにかを取り出した。

「じゃん! 姉ちゃんの好きなやつ!」

差し出してきたのは、手のひらサイズの桃ゼリーだ。おそらく給食で出たデザートで、私も小学生の時に何回か食べたことがある。

「私、これが好きなんて言ったっけ?」

「言ったよ! 給食の桃ゼリーがまた食べたーいって、家で言ってたし!」

たしかに言った気もするけれど、和樹がそんなことを覚えているとは思わなかった。

「でも和樹のほうが桃好きじゃん」

「俺は食べすぎて飽きたから」

給食でゼリーが出るのは月に一回しかないはずだから、飽きたなんて絶対に嘘に決まっている。和樹も楽しみにしていたであろうゼリーを食べずに取っておくことがどれほどのことなのか。その気持ちを想像したら胸がいっぱいになった。

「姉ちゃん、どうしたの？　もしかして今って甘いものを食べちゃダメって言われてる……？」

なかなか受け取ることができない私を見て、弟が心配そうな顔をした。私は面と向かって和樹に自分の病気のことを説明したことはない。もちろんお母さんから聞いていても、難しいことは省いて心臓が悪いというくらいだと思う。

だけど弟は私が食事制限をしているところを近くで見てきた。まだ小さいから病気のことは言ってもわからないって、あやふやにしてきたけれど……。和樹は私が思っている以上に病気のことを理解してるのかもしれない。

「ねえ、私がお母さんのことを取っちゃって嫌じゃないの？」

「姉ちゃんのことを取っちゃうお母さんのことはたまにズルいって思うけど」

「……え？」

「だって俺はたまにしか姉ちゃんに会えないのに、お母さんは毎日会えてる。普通にズリーじゃん」

口を尖《とが》らせている和樹を見て、私はきょとんとした。お母さんが私のことを取っているという発想が自分の中にはなかった。そうか、弟からすれば、そういう考え方もあるんだ。

「あんた、私のこと大好きじゃん」

「そ、そんなわけないだろ！　別にふつーだよ、ふつー！」

「久しぶりに抱っこしてあげようか？」

「はあ？　絶っ対に嫌だ！」

「なにそれ、生意気」

「いてっ。デコピンするなよ！」

「ははっ、桃ゼリーありがとね」

家族だから言えないことは、たしかにある。でも家族にしか言えないこともあるのかもしれない。弟の手から桃ゼリーを受け取ると、今の私の心みたいに温かくなっていた。

それから売店で見繕っておいたお菓子を食べて、和樹が頑張っているサッカーの話をたくさん聞いた。来年からはじまるクラブ活動は、もちろんサッカークラブに入る予定のこと。いつか試合に出てゴールを決めてみたいこと。夢はW杯の日本代表になることだって、嬉しそうに教えてくれた。

「今病院を出るって、お母さんに連絡したから」

私は和樹を見送るために、エレベーターで一階まで下りた。弟はまだ話したいとごねたけれど、暗くなる前に帰さないと、私のほうが気が気ではない。

「うん。また遊びにくるから。あ、姉ちゃんが寂しいなら明日でもいいよ！」

「寂しくないし、病院は遊び場じゃないから」

「はは、そっか！」

「横断歩道はちゃんと左右確認してね。変な人に声をかけられても付いていっちゃダメだよ。それから……あ」

しつこいぐらい心配していたら、前から慎が歩いてきた。

「あれ、舞だ」

私のところへ駆け寄ってくる慎のことを、和樹は不思議そうな顔で見ている。別に後ろめたいことはなにもないのに、ちょっとだけ気まずかった。

「ひょっとして、弟の和樹くん？」

「あ、うん、そうそう」

「顔似てるね」

「え、やだ、やめてよ。恥ずかしい」

「はじめまして。僕の名前は宇佐見慎です。僕もここに入院してるんだよ」

慎は弟と視線を合わせて、丁寧に自己紹介してくれた。普段、彼は無邪気な一面があるけれど、こうやって和樹の前にいると、ずいぶん大人に見える。小児病棟の子と遊んでいるって言ってたし、年下と接することにも慣れているような感じだった。

「この人、姉ちゃんの彼氏？」

「は？　なに言ってんの!?」

いきなりとんでもないことを言うから、つい大きめの声を出していた。

「あ、違うか。前に別れたって言ってたし、じゃあ、新しい人——」

「わーもう本当にいいから、早く帰りなって！」

弟の手を引いて正面玄関まで見送った。色々と想定外すぎて変な汗を掻《か》いてしまった。私のことを待ってなくてもいいのに、慎は部屋に戻らず、さっきの場所にいた。

「僕のこと彼氏だって」

「あのくらいの年の子は、みんなそう言うんだよ」

「前の彼氏のこととか、和樹くんに話したりするんだね」

「言うわけないじゃん。たまたま一緒に帰ってるところをお母さんに見られて、付き合ってることがバレたから別れた報告もしただけ。和樹はお母さんから聞いたんだよ、多分」

「いいな」

「え、な、なにが？」

「舞と付き合えた人が」

「か、からかわないでよ」

慎までおかしなことを言い出すから、私は足早に廊下を歩いた。それでも、慎は平気な顔で付いてくる。私はなんでこんなに動揺してるんだろう。ドキドキしすぎて心臓が痛くなるなんて、はじめてだ。

＊

「はい、息を大きく吸って」

それから数日が経って、私は今日も風間先生の診察室にいた。先生の首には聴診器が下げられていて、それを胸に当てられるといつもひんやりする。

「聴診器って、なんでも聴こえるの？」

「なんでもってわけではないけど、舞ちゃんの呼吸音も聴こえるし、血液の流れもわかるし、お腹に当てれば腸の動きだって耳で聞き取れるよ」

「心臓はどんな音がする？」

「舞ちゃんは胎児の心音を聴いたことがあるかい？」

「うーん、テレビとかでは見たことあるかも」

「そんな感じで、ドットッドットって聴こえるんだよ」

「今日の私の心臓は元気？」

「うん。問題はないけど、なにか気になることでもあるの？」

その質問に、私はわかりやすく目が泳いだ。ずっと迷っていたけれど、今日こそは絶対に言うと決めていたことがあった。

「……あのさ、三時間だけ外出しちゃダメかな？」

入院中の患者が外に出るためには、外出許可というものがいる。それには主治医である風間先生の許可が必要であり、病院側に一時外出届を提出しなければいけない。

「理由は？　医師としてそこは聞いておかないと」

「学校の文化祭に行きたいの。あ、二時間でもいいよ。ちゃんと時間どおりに帰ってくるし、一秒も遅れないって約束する。だからお願いします」

真剣に頭を下げたら、なぜか先生は嬉しそうな顔をした。

「少し前だったら外出許可より退院したいって言うはずなのに、舞ちゃんはずいぶん変わったね」

「変わってないよ。許可を貰うために譲歩してるだけ」

「舞ちゃんが素直になったのは慎くんがいるからだと思ってたけど、違うんだね？」

「え、な、なんで急に慎の名前が出てくるの？」

「僕は慎くんの主治医でもありますから」

風間先生がたくさんの患者を診てることは知っているから、彼の主治医でもとくに驚きはない。でも、この言い方からして、私が慎と仲良くしていることを把握している。診察の時に彼が言ったのだろうか。いや、お喋り好きの中村さんから流出している可能性もある。

「それで、文化祭は……」

「うん、行ってもいいよ」

「え、いいの……!?」

自分から頼んだとはいえ、こんなにあっさり許してもらえるとは思ってなかった。

「患者さんにとっては息抜きも大切な治療だからね。ただし、僕が提示する三つの約束を守ることが絶対条件だよ」

「なに？」

「一つ目は外出中に体の異変を感じたらすぐ病院に戻ってくるか、救急車を呼ぶこと。二つ目は午後の診察時間までには帰ってくること。そして三つ目は……」

「お母さんに許可を貰うこと。それができるなら外出を認めます」

先生は……私の気持ちを見抜いている。私はまだ文化祭のことをお母さんに話していない。できればお母さんが仕事に行ってる間に外出して、着替えを持ってくる夕方までに帰れば……なんてことを考えていたけれど、やっぱりそれは甘いみたいだ。

「三つ目は？」


お母さんは仕事が終わったあと、いつもどおり私の部屋に来てくれた。こういうのは勢いも大事だと思って、開口一番に文化祭のことをお願いしてみたけれど……。

「なに言ってるの、ダメに決まってるでしょう」

間髪を容れずに、反対されてしまった。時間はたったの二時間。ちゃんと薬を持っていくし、スマホだって首にストラップをかけてすぐ連絡が取れるようにする。そうやってあれこれとお願いしても、お母さんはダメとしか言わない。

「風間先生はいいって言ってくれたよ。息抜きも大切な治療だって」

「外出先でなにかあったらどうするの？」

「それについても先生と約束したから大丈夫」

「なにが大丈夫なの？　また発作が起きて倒れたら命に関わるのよ」

「心臓に負担がかかることは絶対にしないから」

「負担とかの問題じゃなくて、舞の心臓はいつどこでなにが起きるかわからないの。移植が必要な体だってことは舞も理解してるでしょう？」

「理解はしてるよ。でも……」

「でもじゃないのよ、舞。出かけたいっていう気持ちはわかるけど、ダメなものはダメなの。お母さんは舞のことが大切だから言ってるのよ」

お母さんはため息をつきながら、私の声を遮った。――『ダメなものはダメ』今まで何度も言われ続けてきた言葉だ。

「それでも私は文化祭に行きたい」

人が集まる場所が危ないことは、わかっている。緊張状態が続けば発作も起こりやすくなるし、お母さんが言ったように命も危なくなるかもしれない。

だけど、私は今までお母さんや風間先生の言いつけをちゃんと守ってきた。守って、守って、守って、結局こうなった。我慢しても悪いほうへと行ってしまうなら、少しくらいわがままになってもいいはずだ。

「それなら私も一緒に行くわ。今の状況で舞をひとりで行かせるのは無理よ」

「いやいや、私、もう高二だよ。親と文化祭に行くなんて、少しは私の気持ちも考えてよ」

周りがどんな反応をして、どんな空気になるのか。ただでさえ心臓病のことは内緒にしているのに、お母さんが同行したら重い病気なんだって勘繰られる。

「お母さんが心配なのはわかるよ。でも今回で文化祭は最後かもしれないから」

「最後ってなに？」

私の何気ない一言で、お母さんの表情が変わった。最後という言葉は、決して軽はずみに使ったわけじゃない。最近、胸に違和感を覚えることが増えた。ズキンと痛むこともあれば、急に締め付けが襲ってきて息苦しくなる時もある。私の心臓は大丈夫だと思い続けてきたけれど、きっと大丈夫ではないのだろう。

退院も進級も卒業もできないかもしれないからこそ、文化祭というイベントに参加できるのは本気で最後だと思っている。

「文化祭は来年もあるでしょう。舞は元気になるために入院して治療をしてるのよ？」

「それは心臓移植したらの話でしょ」

「そうよ。簡単なことじゃないけど、必ず神様が舞の味方になってくれるから」

「……神様なんて、そんな薄っぺらいことを言うのはやめてよ」

「どうしてそんな言い方をするの？　なんで私の言ってることがわからないのよ、舞」

「……………」

お母さんがこんなにも必死になるのは、私のことが大切だからだ。それはわかっている。わかっているけれど、じゃあ、お母さんは私のことをわかってる？

ちゃんとわかろうとしてくれているの？

「いい、舞。よく聞いて。息が詰まることも不満もあるだろうけど、病気が治ればなんだってできるの。そのためには今頑張って――」

「……てよ」

「え？」

「そうやって、いつもいつも言い聞かせてるみたいに言うのはやめてよ……!!」

怒っても逆効果なのに、感情を抑えることができなかった。

私は、できるだけお母さんの言うとおりにしてきたつもりだ。外遊びを一回もしなかった幼稚園の時も、体育を全て見学していた小学生の時も、部活に入らなかった中学生の時も、私はお母さんの言いつけを全部守った。

でも、お母さんは知らない。元気なくせに体育を休んでズルいって、持病じゃなくて仮病だろって嘘つき呼ばわりされて、いじめられていたこともあった。

だから高校生になって、心臓病のことはなにがなんでも隠した。せっかくできた友達と、やっと手に入れた学校生活を、病気なんかに壊されたくなかったからだ。

「私はお母さんのために受験先も変えた。本当はバイトもしてみたかったけど、お母さんに反対されるから諦めた。そうやって私は数えきれないほど、お母さんの言いつけを守ってきたのに、まだ私にダメだって言うの？」

お母さんから見れば、私はまだまだ幼いのかもしれない。でも、私にだって自分の気持ちがあるし、それを上から押さえつけられたら、体だけじゃなくて心までいつか潰れてしまう。

「お母さんは私じゃなくて、自分が大切なんだよ」

止まれ。

「この病気が自分のせいだと思ってるから、私に早く治ってほしいんでしょ？」

止まって。

「お母さんは自分が楽になりたいだけなんじゃないの。私が元気になって、自分が許されたいだけなんだよ」

お願い、誰か私を止めて。

病室が怖いくらいに静まり返っていた。どれが本心で、どこまでが勢いなのか、自分でもわけがわからなくなっている。お母さんはなにも言わなかった。その代わりに、ただただ悲しい顔をしていた。

＊

「あら、舞ちゃん。今日はずいぶん夕食を残しちゃったのね」

十九時を回る頃、中村さんが後片づけにやってきた。食器の上には半分以上も残されたおかずがある。頑張って食べようとしたけれど、どうしても喉を通らなかった。

「どこか具合でも悪い？　風間先生にこれから診てもらう？」

「平気、今日はお腹がすいてないだけだから」

口は災いの元、なんていうことわざがあるけれど、それを考えた人は天才だと思う。

……お母さんにあんなことを言うつもりなんてなかった。でも、口から出してしまった言葉は、もう奥に引っ込めることはできない。

――『なんで私だけみんなと一緒に行けないの？　ねえ、なんで！』

お母さんにはじめて怒ったのは、たしか幼稚園の時だ。

楽しみにしていた遠足に自分だけが行けないことを、当日に知った。遠足は自然の中を歩くハイキング。虫の観察をしたり、花の絵を描いたりすることを心待ちにしていたのに、体力的な問題で勝手に不参加にされていた。

お母さんはその時も、私に何度も言い聞かせた。それでも駄々をこねた結果、お母さんがお弁当を作ってくれた。それを持って近所の公園に行って、レジャーシートの上でお母さんと食べた。デザートのりんごがうさぎの形をしていて、私は怒っていたことが嘘みたいに機嫌を直した。今でもたまに、お母さんがりんごを剥《む》いてくれる。

それは必ずうさぎの形をしているけれど、それだけでは機嫌を直せなくなった。

だから『健康に産んであげられなくてごめんね』なんていう言葉を言わせてしまったんだと思う。私はいつもお母さんを責めてしまう。お母さんは一度も私を責めたことはないのに。

……コンコン。中村さんが部屋から出ていって間もなく、病室の扉がノックされた。中村さんが戻ってきたのかもしれないと油断していたら……。

「舞」

開いた扉の先にいたのは慎だった。

「ど、どうしたの？」

「いつも遊んであげてる子を小児病棟まで送り届けた帰りなんだ。今日はなかなか帰りたがらなくて、仕方なく僕の部屋で夕ご飯を食べたんだよ」

「そうなんだ。慎が来るなんて思ってなかったから、びっくりした」

「ごめん、ごめん。ちょっと顔を見にきただけだから」

じゃあねと、早々に帰ろうとする彼のことをとっさに引き止めた。

「え、もう部屋に戻るの？」

「戻ってほしくないの？」

「そ、そう聞かれると答えにくいけど……」

「入ってもいいなら入るよ」

「うん。なんにもないけど、どうぞ」

慎は私の時と同じように、部屋をまじまじと見渡していた。ここは病室であって自分の部屋というわけじゃないのに、なんだか恥ずかしい気持ちになった。

「なんか甘そうなものがいっぱいある」

「ああ、それは弟用のお菓子。また近々来るって言ってたからさ」

「優しいお姉ちゃんなんだね」

「優しくなんてないよ。私は和樹に我慢ばっかりさせてるし」

春は遊園地、夏はプール、秋はアスレチック、冬はスキーと季節ごとに楽しいことがたくさんあるのに、心臓に負担がかかる場所に私が行けないせいで、和樹はそれらを経験できずにいる。

私抜きで行っていいよって伝えても、家族一緒じゃないと意味がないからという両親の方針で、弟はいつだって私の病気に付き合わされてきた。人生損してるというあの言葉を借りるなら、和樹の人生を損させているのは間違いなく私だ。

「我慢してきたのは舞も同じでしょ？」

慎のまっすぐな声に、思わずぎゅっと唇を噛《か》んだ。

行きたいところに行けないことも、やりたいことができないことも、ずっと仕方ないと諦めてきた。

だからこそ私のことなんて気にしないで家族旅行に行ってほしかったし、和樹が楽しい場所に連れていってあげてほしいと思ってた。

でも我慢していたのは私だって言ってもらえて、なにかが込み上げた。本当はずっと誰かにそう言ってほしかった気がする。

「あ、そうだ。これ今日作ったから舞にあげる」

そう言って渡してくれたのは、ウサギとカメの折り紙だった。おそらく、小児病棟の子と作ったのだろう。ウサギとカメにはマジックペンで可愛い顔が描かれていた。

「日本昔話みたい」

私を元気づけるためにくれたであろう折り紙を見たら、心がほっこりした。

「ウサギとカメの昔話って、ウサギが途中で昼寝をして、気づいたらカメに追い抜かれたって話だけど、それには続きがあるって知ってる？」

「え、知らない」

「かけっこでカメに負けたウサギは仲間からバカにされて村を追い出されたり、一方のカメはウサギに勝ったことで自信がついて、色々なことに挑戦していった末に命を落とした、なんて続きは色々あるみたいなんだけどね」

「うわ、どっちも悲惨」

「でも僕は負けたウサギがもう一度レースをしようとカメに言って真剣勝負をした結

果、ウサギが普通に勝ったっていう続きが好きなんだ」

「えーそれじゃ、負けたカメが可哀想じゃん」

「それがさ、最後にウサギとカメはレースの記念写真を撮るんだけど、なぜか負けたカメが笑ってるんだよ。その理由をウサギが聞くと、『自分のタイムが最初のレースよりも上がったから嬉しい』って答えるんだ」

「あーつまりカメは最初から自分と勝負してたってこと？」

「そうそう。敵は相手じゃなくて自分自身。この続きは後付けかもしれないけど、けっこう深いなと思って」

……敵は相手じゃなくて、自分自身か。私はお母さんを楽になりたいだけなんじゃないかと責めた。でも、それを言って楽になりたかったのは、私のほうだ。

「……謝らなくちゃ」

「うん？」

「ありがとう。慎のおかげで頭が冷えた」

自分の気持ちも大切だけど、周りの気持ちだって同じように大切。わかり合えなくても、向き合うことはできるかもしれない。慎が自分の部屋へと戻ったあと、私はスマホを手に取った。

『今日はごめんなさい』

私はお母さんにメッセージを送った。いつもだったら返事が来るまで時間がかかるのに、珍しくすぐに既読がついた。

『文化祭、行ってもいいわよ』

「えっ……!?」

大きな声を出したところで、次のメッセージが届いた。

『お父さんに相談したら舞を信じなさいって言われたの。だからお父さんに感謝しなさいね』

……お父さん。

『うん、ありがとう』

お母さんはきっと納得してないし、私の言葉にもまだ傷ついているはずだ。私がもっといい子だったら、お母さんを悲しませないで済むのだろうか。

ドッドッドッドッ……。心音がまた脈打っている。例えるなら、私の心臓はタイマー付きの時限爆弾。いつ爆発するかわからないからこそ、病院のベッドで、じっとしているだけの生活はできない。

窓から流れる雲を眺めるだけで一日が終わってしまうなら、その雲を追いかけてみたい。この心臓にタイムリミットがあるなら、なおさら時間を無駄にしたくないと思った。

第4章　勇気という名の

文化祭当日の朝。風間先生の診察が終わって、学校に向かうためにロビーまで下りると、そこに慎の姿があった。

「見送りにきた」

今日文化祭に行くことは彼に伝えてある。慎とはほぼ毎日顔を合わせているけれど、制服で会うのははじめてだから不思議な気持ちがした。

「見送りなんて、別にいいのに」

「制服を着てると、高校生って感じがするね」

「正真正銘の高校生だよ」

「はは、そっか」

彼は前に高校は受験すらしてないって言っていたから、高校生になったことはないのだろう。友達がお見舞いに来た時も、文化祭のことも、私はなんにも考えずに話してしまった。そういえば、友達いないの?なんて失礼なことを言ってしまったこともあった。色々と考えると、かなり無神経なことをしているのではないかと、今さら不安になった。

慎はいつも私の心を見透かしてくるけれど、私は同じようにできない。でも、彼の気持ちくらい、わかるようになれたらいいのにと思う。

「きっと約束事をたくさんしてるだろうけど、なにかあった時のために僕の連絡先も教えておくよ」

慎がポケットから出したスマホを見て、私は目を丸くした。

「え、スマホ持ってたの!？」

「持ってないなんて言ったっけ?」

「言ってないけど、勝手に持ってないと思ってた……」

病院ではほとんど使う機会がないとはいっても、スマホを触っているところを一度も見たことがなかったし、病室に行った時も充電器すらなかったから。

「まあ、僕の場合は持ってるってだけなんだけどね。ＳＮＳとかやってないから番号だけでいい？」

「メッセージアプリはやってる？」

「うん、一応」

「じゃあ、アカウント教えて。それだなら電話もできるし、メッセージも送れるから」

「わかった」

友達追加した慎のアカウント。アイコンは初期設定のままだし、プロフィールだってなにも書いていないのに、なぜかすごく特別なものに感じた。

病院を出て、私は久しぶりにスリッパとは違う靴で外を歩いた。入院前には青々としていた木が、いつの間にか赤く色づいている。

車が行き交う音も、点滅している信号も、自転車ですれ違う人も、外に出なければ見えない景色ばかりだ。……全部、全部、当たり前に思ってたな。いつもの日常から離れて苦しく思うことのほうが多かったけれど、入院しなければ私はそのありがたみに気づくことはなかっただろう。

目に映る全ての景色を噛みしめながら、私は約二か月ぶりに電車に乗った。混んでいる車内も、繰り返し流れているアナウンスも、今日はとても嬉しい。

高校の最寄り駅に着くと、文化祭の案内看板が見えた。学校はここから徒歩で五分ほどの場所にある。大人や子供、はたまた他校の学生も同じ道へと進んでいた。

「舞〜っ！」

学校に着くと、百合と菜々美と秋子が昇降口まで迎えにきてくれた。校舎全体が文化祭仕様になっているのに合わせて、百合たちも派手に着飾っている。

「来れてよかった！　体調は大丈夫？」

「うん、大丈夫。この前はお見舞いに来てくれてありがとね」

「いいって、いいって。文化祭に来られたってことは、もう退院できるんだよね？」

「あー……それはちょっと別みたい」

「えーそうなんだ。あ、これ舞の分だよ！」

百合から渡されたのは、おそろいのクラスＴシャツ。私が考えるはずだったデザインは、背中にクラスメイトの名前が入っているものになっていた。

「……これって、誰がやってくれたの？」

「私たちだよ。あれ、舞に言ってなかったっけ？」

菜々美の説明によると、私が倒れたあと三人は率先してクラスＴシャツ係を引き受けてくれたらしい。

「この丸文字は秋子が書いてくれたんだ。一枚ずつ手書きするのは大変だから、色々と調べてプリントしてもらったんだよ！」

「そ、そうなんだ。いい感じだね」

「でしょ～？　三人で協力して作ったんだ！」

三人で協力という言葉に、少しだけ胸がチクリとした。

「それとうちらね、午後の部でステージやるんだ！　ほら、見て」

昇降口から教室へと移動中、百合がプログラムを見せてくれた。ステージとはクラスの出し物とは別に、個人で企画をして発表するイベントのことだ。バンドを組んで音楽を演奏する人もいれば、お笑いコンテストさながらの漫才を披露する人もいる。

たしかに百合たちは前々からダンスをやりたいと言っていた。でも私の持病に気を使ってくれて、『四人でできないならやめよう』と言ってくれていた。自分が参加できなくても、三人でやっていいよって言うつもりだった。

三人には三人の青春がある。だから私ひとりのために、みんなが我慢する必要なんてどこにもないのに、なんで私はちょっとだけ傷ついているのだろうか。

「えっと、ご、ごめん。午後に帰らなくちゃいけない約束なんだ」

「えーじゃあ、あとで動画送るね！」

「う、うん、ありがとう」

今日、私はクラスの模擬店の仕事はできない。せめて呼び込みだけでも手伝えたらと思っていたけれど、やっぱり体力的に厳しいと判断された。だから私は文化祭に参加しにきたのではなく、文化祭を見にきた側だ。そのことは百合たちには伝えてあるし、来てくれるだけで嬉しいと言ってくれた。だけど、やっぱり少なからずみんなとの間に距離を感じた。学校に行けないだけで、文化祭の仕事ができないだけで、こんなにも手が届かないほどの壁が生まれてしまった。

「あ、そうだ、百合。舞にあれを言わなくていいの？」

「そーだよ！　ちゃんと報告するって言ってたじゃん！」

菜々美と秋子が意味深に百合の腕を揺らしている。なんだろうと首を傾《かし》げたら、私たちのほうに歩いてくる庄吾先輩と目が合った。

――『俺たち、色々と合わないね』

　先輩と最後に交わした言葉は、それだった。直接別れ話をされたわけではなく、間接的に察してねという空気だったので、私もそれ以降連絡を取ることはなかった。いわゆる自然消滅という形で終わってから、校舎でもなるべく先輩とは会わないようにしていた。

「あ、ほら、いいタイミングで彼氏が来たよ！」

　秋子が百合の背中を押す。先輩の隣に並んだ百合は、恥ずかしそうに垂れ下がった髪を耳にかけた。

「実は私ね、今庄吾先輩と付き合ってるんだ」

「え？」

「舞に先輩を紹介したのは私だし、ふたりは付き合ってたから気まずいなとは思ったんだけど、連絡を取り合ってるうちにいい感じになってきちゃって。ね？」

「うん。まあ、俺たちはすぐ終わったから、あれを付き合ってたって言っていいのかわかんないけど。な？」

　今度は先輩のほうが私に同意を求めてきた。……そっか。私は彼氏だと思っていたけれど、先輩にとっては付き合っていたかわからないほどの出来事だったんだ。

　ショックじゃないと言えば嘘になるかもしれない。でも、向こうもその程度だと思ってくれていて、どこか安心してる自分もいた。付き合っている時の先輩はいつもつまらなそうで、私はずっとそれを申し訳なく思っていたし、短い期間とはいえ、時間を無駄にさせてしまったという後ろめたさもあった。だから、私のことなんてなんとも思ってなかったんだとわかってよかった。これでもう、罪悪感を抱える必要はない。私も先輩のことは、きっとなんとも思ってなかった。自分のことで傷つくことはできても、先輩のために傷つくことはできない。誰かのために泣いたり、苦しんだりするのが恋なら、私は先輩に恋をしていなかったのだと思う。

「舞にはすぐ報告しようと思ったんだけど、なかなかタイミングが合わなくて」

「そうなんだ。全然大丈夫だよ。おめでとう」

「私のこと怒ってない？」

「怒らないよ」

「舞は病院で出会いとかないの？　漫画とかでよくあるじゃん。隣の病室にイケメンがいたとかさ」

「はは、ない、ない！」

精いっぱい笑って返したけれど、心では笑えてなかった。

私は文化祭に来るだけで、朝から検査をして風間先生の診察を受けて、やっとの思いで許可を出してもらった。

自由に外出もできないし、行っていいのは病院の敷地内だけ。そんな私が出会いなんて、探している場合じゃない。でも、病気のことを話していない私が悪いんだから、みんなが軽く考えるのは当然だ。

「あれ、舞ちょっとだけ顔色悪くない？」

菜々美から言われて、私は「平気だよ」と答えた。本当は心臓の鼓動が速くて少し息苦しい。でも今日は私が憧れた〝普通〟を過ごす最後の日になるだろうから、ちゃんと楽しもうと思う。

約束の二時間を過ぎないように、私は一通りの模擬店を巡って帰った。また電車に揺られて地元に着き、改札口を抜けたところでスマホが鳴った。慎からの電話だった。

『もしもし。舞、大丈夫？』

「大丈夫って時間のこと？　それとも体調のこと？」

『友達のこと』

私が文化祭に行くことを誰よりも心配していたのは慎かもしれない。順調な高校生活を送っているふりをして、友達関係はさほどうまくはいってなかったように思う。

「あのね、慎。私が文化祭に行ったのは、確かめにいくためだったのかもしれない」

『なにを？』

「自分の居場所がどこなのかってことを」

私は、ずっと外の世界に帰りたいと思っていた。

明るくて、華やかで、騒がしい学校に通っていた頃に、戻りたいとも思っていた。

みんなに置いていかれることが怖くて、気持ちばかりが焦っていた時もある。

だけど、今日学校に行ってみて気づいた。あの場所は、私には眩しすぎる。今の私には、薄暗くても小さな光を灯《とも》し続けて、誰かと寄り添える場所のほうが合っているみたい。

「自分が普通の人と違うってことを認められずにいたけど、今日で踏ん切りがついた」

百合たちのことも、庄吾先輩のことも、自分なりに大切にしてきたつもりだ。でも、なんとなく合わなくて、なんとなく疎遠になって、みんなの中から少しずつ私が消えていっても、今は大丈夫。

一気に全てのことを断ち切れるほど強くはないけれど、もう必死にしがみついたりはしないと思う。

『僕、昔から人の顔を覚えるのが苦手で、中学の時も休みがちだったってことを除いても、ほとんどクラスメイトの顔すら覚えられなかった。でもね、舞のことだけは、ずっと覚えてた』

「え？」

『舞は気づいてないだろうけど、僕たち何度も病院ですれ違ってるし、風間先生のミスで診察室で鉢合わせした時だってあったよ』

「そ、そうなの？」

だから、慎は最初から私の名前を知っていた。ずっと知らなかっただけで、私たちはもっと前から出会っていたんだ。

『舞は普通の人になりたいって思ってきたかもしれないけど、舞が他の人と違うものを持っているからこそ、僕にはいつだって舞だけが光って見えてるよ』

私も慎が光って見える。だって、だって……。

『あ、バレた』

病院に着いて顔を上げたら、屋上に慎がいた。地上からだとすごく小さいけれど、視力だけはいいから彼が手を振っているのもよく見える。

慎は周りに染められずに、自分だけの色を持っている。

誰かと比べる必要なんかない。──人と違うことは光。この言葉はきっとこれからも、私の中で輝き続けていくだろう。

＊

休日の病院はお見舞いの人が多く訪れる。そんな昼下がりの日曜日、私の病室にも弟の姿があった。

「和樹くん、そこ間違ってるよ。その計算は……」

「わっ、すごい、解けた！　慎お兄ちゃん頭がいいんだね！」

和樹はテーブルの上で宿題と向き合っていて、それを慎が先生みたいに教えてくれていた。

どうしてこんなことになったかというと、数十分前に遡る。私の部屋で宿題をやろうと広げはじめた弟に、家でやってきなよと注意した。

そうしたら『姉ちゃんに教えてもらうつもりで持ってきた』なんて言うから、しぶしぶ宿題を見てあげたら、これがけっこう難しい。小三の問題に悪戦苦闘していたら、タイミングよく慎が来てくれたというわけだ。

「ねえ、慎お兄ちゃんと姉ちゃんは本当に付き合ってないの？」

「和樹くんは僕らが付き合ったほうがいいの？」

「うん。だってダブルデートできるし」

「ダブルデート？　もしかして和樹くんは彼女いるの？」

「うん、いるよ！」

え、嘘。和樹って彼女いたの……!?

小三なのに早すぎない？　なんて言う暇もなく、ふたりは光の速さで仲良くなっている。慎はひとりっ子だって言っていたけれど、お兄ちゃんと呼ばれている姿も様になっていた。

「だから早く姉ちゃんの彼氏になってよ！」

「こら、和樹」

「だって前の人より絶対慎お兄ちゃんのほうがいいじゃん！」

「もう、その話はいいってば！」

無邪気なのはいいけれど、なにを言い出すかわからないからヒヤヒヤしてしまう。

和樹を追い出すわけにもいかず、「ちょっと売店に行ってくる」と私が部屋を出ていくことにした。

「……舞！」

ほどなくして、慎が追いかけてきた。

「もしかして怒った？」

「怒ってるんじゃなくて、気まずいだけ。慎も和樹の話に乗らなくていいからね」

「和樹くん、彼女がいるなんてすごいね。どっちから告白したんだろう？」

「さあ」

「舞は告白したことある？」

「ないよ。あるわけない」

相手に想《おも》いを伝えたり、新しい関係が生まれたり、告白には『好き』の二文字がいる。『好き』は誰かと繋がる未来の言葉。明日どうなっているかわからない私が使うべきじゃない。

「慎はなにがいい？　勉強のお礼に奢《おご》るよ」

アイスを買うために売店に入った。最初から彼の分も買うつもりだったのに、慎は頑《かたく》なに奢られるのを拒んだ。

「本当にお礼なんていいよ。舞の弟なら僕の弟みたいなもんだし？」

「からかってる？」

「からかってないよ。あ、このアイス小さい時によく食べてたやつだ。二本入りだから一緒に食べよ」

慎が選んだのは、シェアできるホワイトサワー味のアイスだった。彼の口から出た〝小さい時〟という単語に、ずっと聞いてみたかった疑問が浮かんだ。

「ねえ、慎の家族はお見舞いに来たりする？」

日曜日はとくに患者の家族が部屋を出入りしたりするのに、私は一度も慎の親を見たことがない。

「うちは見舞いなんて来ないよ」

「どっちも共働きとか？」

「父親はいない。僕が生まれてすぐ離婚したから顔も知らないよ」

「そう、だったんだ。ごめん。私、なんにも知らなかったから……」

「なんで舞が謝るの？　そんなに気を使わなくてもいいよ」

「じゃあ、お母さんはどうして病院に来ないの……？」

「多分、僕に会いたくないんだよ。病気の体に産んでしまったっていう罪悪感があるんだと思う」

慎は平然としていたけれど、その瞳の奥には寂しさがあった。

彼のお母さんも私のお母さんと同じように、心臓病のことを自分のせいだと思っているのだろうか。自責の念に駆られるのは仕方ないことなのかもしれないけれど、それは余計に子供を苦しめる。私がそうだから、慎も苦しく思っているはずだ。

「今まで詳しく話してなかったけど、僕は中学生の頃からここに入院してるんだ。だから学校も病院から通ってた」

「じゃあ、その頃から家に帰ってないってこと……？」

「何回か帰れたこともあったんだけど、母さんとなにを話していいかわからなくて。だから一時退院が許されてもあえて帰ってない。顔を合わせないほうがお互いに楽だしさ」

「……楽？　本当に？」

「あー、楽はちょっと違うかな。会わないほうが守れることもあったりするでしょ。母さんと僕は顔を合わせないほうがいいんだよ」

私に心配をかけないように、慎が柔らかく笑った。

会わないほうが、守れることもある。おそらくそれは、お母さんの心を指している。

慎は優しいから、きっとお母さんが苦しまないようにしてあげたいのだと思う。

でも本当にそれでいいのだろうか。お母さんの気持ちも大切だけど、慎自身の心も大切にしてほしい。

だけど私も自分のお母さんと本音で話せていないから、ちゃんと向き合ったほうがいいよ、なんて軽々しいことは言えなかった。

「あ……」

売店を出て廊下を歩いていたら、病院の出入口に医師や看護師が集まっていた。よく見ると外には黒色の車が停《と》まっている。

「……また誰か亡くなったんだね」

隣にいる慎がぽつりと呟《つぶや》いた。あれは亡くなった人を乗せる霊柩車《れいきゅうしゃ》だ。入院する前までほとんど目にする機会はなかったけれど、ここにいると頻繁に目撃するようになった。

「先生たちって、悲しい顔はするけど泣いたりしないよね」

それが仕事だから当たり前のことなのかもしれない。そうやってある意味慣れてしまうほど、病院は日常的に人の死に触れなければいけない場所でもある。

じゃあ、もしも私が死んだら、風間先生や中村さんは泣いたりしないのだろうか。

どれだけ親しくしてたとしても私がいた病室を綺麗にして、次の新しい患者を入れて、そうしているうちにいつか、私のことも忘れてしまうのかな？

「僕の部屋に遊びに来てた小児病棟の子も、三日前くらいに家に帰ったよ」

「え、それってまさか……」

「ううん、今まで遊んでくれてありがとうって挨拶してくれた。これからは最後の時間を家で過ごすんだって」

……最後の時間。それがどんな意味を持つのか、聞かなくても痛いほど理解できた。

私に残された道が心臓移植しかないみたいに、治療や手術すらできない患者もたくさんいる。

「……慎は怖くないの？」

気づくと、アイスが入った袋を強く握りしめていた。

私よりも入院生活が長い彼は、きっとこういう光景を何度も見てきたはずだ。そして嫌でもこう考える。次は自分かもしれない。私だって、今、考えてしまっている。

「小さい時は恐怖もあったけど、今は病気のことを前向きに考えられるようになった」

「前向き……？」

「病気のおかげで舞に会えた。そうやって病気のあとに〝おかげで〟を付けると、悪いことばっかりじゃないって思えるんだ」

病気のせいじゃなくて、病気のおかげ。少し言い方が違うだけで、たしかに明るい気持ちになれる。

「慎はやっぱりすごいね」

私も病気のおかげで慎に会えた。そうやってなにかのせいにするんじゃなくて、病気のおかげでよかったことを彼のように見つけていきたい。

消灯時間を迎えた九時。私はベッドに横たわって、折り紙を見つめていた。

勉強会が終わったあと、慎は頑張ったご褒美として和樹にサッカーボールの折り紙を折ってくれた。もちろん弟は大喜びで、私は任せっきりだったにも拘《かかわ》らず、彼は私にも同じものを作ってくれた。

「……勉強に折り紙。慎はなんでもできちゃうんだな」

もし彼と同じ学校だったら、どんな感じなのだろうか。慎は女子にモテるだろうから、可愛い子から積極的に話しかけられていそうだ。それで呼び出されて告白されたり、連絡先だって途切れることなく聞かれるに決まっている。彼がどんな子を好きになるのかはわからないけれど、少なくともここに同い年のライバルはいない。

「って、ライバルとか、それじゃまるで私が……」

慎に恋をしているみたいだ。そんなはずはないと一度は否定したものの、少しずつ顔が熱くなってきた。

「え、待って。やだ、どうしよう」

彼に対する気持ちが恋かもしれないと気づいた途端に、色々なことが恥ずかしくなってきた。別に自覚したからといって、関係性が変わるわけではないし、慎とどうこうなりたいとか、そういう願望も今は持っていない。だけど、私は感情が顔に出やすい。もしかしたら、慎を意識していることも表情に出てしまうかもしれない。

これからどういう顔をして、彼に会えばいいんだろう。

いつどうなるかわからない私が、慎のことを好きになってもいいのかな……？

ベッドの上で悶《もだ》えていると、突然胸の痛みに襲われた。ほら、やっぱり、今の私は誰かのことを好きになってはいけない。好きになっても、苦しいだけだ。

「……ハア……ハア」

おそらくこれは、突発性の発作だ。息をしたくてもできない感覚は、学校で倒れた時にも経験した。

「……ハア……ハア……ハアっ」

だけど、あの時とはなにかが違う。今日はもっと心臓の音が速くて、口から飛び出てきそうなほどだった。

「……ハア、ハア……なに、これ」

胸を押さえながら、必死にナースコールまで手を伸ばした。あともう少しで指が届きそうなのに、目が霞《かす》んでよく見えない。

「ハア……ハア……ハア、ハア……」

なんとかしてナースコールを鳴らす頃には、呼吸がうまくできなくなっていた。

「岩瀬さん、どうしました？」

「……息が……」

そう伝えた瞬間、私は意識を失った──。

おぼろげな夢を見た。

どこか懐かしい畦道《あぜみち》の景色。

夕焼けに染まる道を幼い私が歩いている。

周りを見渡しても誰もいない。

急に不安になって、大声でみんなの名前を呼んだ。

「お母さん、お父さん、和樹！　みんな、どこにいるの……!?」

怖くて、寂しくて、私はひたすら探し続けた。

走って、走って、走った先に見えてきたのは暗闇のトンネルだ。

ここを通れば、みんなに会えるような気がした。

大丈夫、このトンネルを抜けよう。私は向こう側に行こう。

そう思って足を前に踏み出した瞬間──。

「……ダメだ！」

誰かに思いっきり手を引っ張られた。

びっくりして振り返ろうとしたら、目が覚めた。

気づくと私は、いつものベッドの上にいた。


「──舞、舞っ！」

声がするほうを向くと、なぜかそこには慎がいた。なんで慎が私の部屋にいるんだろう。たしか就寝時間は過ぎていたはずなのに。

「舞、大丈夫!? 今、風間先生を呼んでくるからね！」

どういうわけか、お母さんもいる。なにが起きたのかわからなくて、ベッドから体を起こそうとしたら、腕に点滴が繋がれていた。

「よかった……本当によかった」

手が温かいと思ったら、慎が強く握ってくれていた。私の頬になにかが落ちてくる。それは彼の目から溢《あふ》れる涙だった。

「なんで……泣いてるの？」

「発作のこと、覚えてない？」

「……発作？」

「舞は一日昏睡状態だったんだ」

……昏睡状態。まったく記憶がないけれど、ベッドの近くに置いてあるデジタル時計の日付が、たしかに一日進んでいる。私はあの時、ナースコールを押せたのだろうか。それすらも覚えてないけれど、誰かにずっと手を握られていた感触だけは残っている。それは、きっと慎かもしれない。私のために泣いてくれている。発作は終わったはずなのに、なぜかとても胸が苦しくなった。泣いてほしくない。悲しませたくない。今までこんな気持ちになったことは、一度もなかった。

「心配かけてごめん。それとありがとう」

――『……ダメだ！』

あの夢の中で手を引っ張ってくれた人が誰なのかはわからない。

でも私がここで死んでしまう運命だったとしたら、それを繋ぎ止めてくれたのは間違いなく慎だ。

第5章　命という名の

「今は心音も落ち着いてるけど、またいつ発作が起きるかわからないから、薬は多めに出しておくね」

発作から三日、私の生活は通常に戻りつつあった。風間先生の診察が終わり、私は前開きになっていた服のボタンを留め直す。

発作は今まで何回も経験した。すぐに治まる時もあれば、そのまま意識を失ってしまう時もあるから、言い換えれば発作には慣れている。でもこの前のは今までと違った。あの奇妙な夢があの世とこの世の境目だったとするならば、私は……あっち側に行こうとしていた。

「ねえ、先生。前に移植をしなかったら、私は三年生きられるかわからないって言ったよね？」

「うん」

「それってつまり……今回の発作で死ぬ場合もあったってこと？」

「可能性としてはあったと思うよ」

先生の冷静な返答が胸に重く響いた。きっと人は、ああやって死んでいくのだろう。無事でよかったと安心する反面、あのまま目覚めなかったらと思うと背筋が寒くなる。

「……移植って、やっぱりできない人のほうが多いの？」

「統計的にはそうだね。でも移植を望まない患者さんもいる。金銭的なことだったり体力的なことだったり、理由はそれぞれ違うけどね」

「そう、なんだ」

「舞ちゃんは移植に前向きではないよね？」

「え？」

「何年舞ちゃんのことを見てきたと思ってるの？」

ふいに言い当てられてしまって、私はすぐに反応できなかった。

「舞ちゃんの気持ちは無理には聞かないよ。移植には覚悟がいる。手術を受ける本人も、手術を望む家族も、もちろん後押しする僕にもね」

「…………」

「舞ちゃんの命は舞ちゃんだけのものじゃない。それだけは覚えておいてね」

「……うん」

診察室を出たあと、私の足は病室ではなく屋上に向かっていた。屋上の一角に植えられている青紫色のリンドウが風に吹かれて揺れている。

私は手すりの前で足を止めた。それは、ふたつのビルが並んでいるところ。その間から丁度電車が見える場所だった。

「風邪ひくよ」

「……わっ」

ぼんやり景色を眺めていたら、後ろからパーカーをかけられた。頭に被せられたフードを取って顔を上げると、そこには慎がいた。

「私なら平気だよ。慎のほうが薄着じゃん」

「僕は体温が高いから」

「いや、でも」

「いいから、着て」

素直に彼のパーカーを借りて腕を通すと、自分の手が見えないほど大きくて、パーカーからは慎の匂いがした。

「もう出歩いていいの？」

「うん。診察でも心音が落ち着いてきたって言われた」

中村さんから聞いた話によると、私が眠り続けていた時、慎は片時も傍《そば》を離れなかったと言う。やっぱり、手を握り続けてくれたのは彼だったのだろう。慎の涙が今でも目に焼き付いている。風間先生が言っていたとおり、私の命は自分だけのものじゃない。

「ねえ、慎。あの時、怖かった？」

なにかが違えば、私は今ここにはいなかったかもしれない。

「うん、怖かった。舞が死んじゃったらどうしようって、すごくすごく怖かった」

慎がまた悲しい顔をした。私たちは普通の人より多くの死に触れている。ここはそういう場所だから、昨日まで元気だった人が死ぬことは珍しくない。だから私や慎も、明日どうなっているかなんて、誰にもわからない。

「舞に病気のことを前向きに考えられるようになったって言ったけど、ある意味それは恐怖に慣れてしまったからなんだ。でも、この前は久しぶりに感じた。舞がいなくなる以上に怖いことはないと思う」

私も慎がいなくなることを想像するだけで、怖くなる。大切な人ができるって、きっとそういう怖さも感じていかなければいけないのかもしれない。

「……私、心臓移植が必要な体なんだよ。移植をしなかったら三年以内に死ぬって言われてる」

周りは私の気持ちを置いてきぼりにして、先の話ばかりをする。自分の心臓が三年ももたないなんて信じられないって思っていたけれど、今回のことで本当なんだってようやく実感した。

「三年後には二十歳だから、社会人になってるか大学に通っていればまだ学生かな。二十歳の集《つど》いはするのかな。振袖は何色にするんだろう。あ、免許も取ってたら車も運転できる年齢か」

「…………」

「でもそんな未来を私はなにひとつ叶《かな》えられないかもしれないんだよね」

矢継ぎ早に紡ぐ言葉を、慎は黙って聞いていた。

今までどんなに頑張っても、どんなに抗《あらが》おうとも、運命は変わらない。変えることはできないんだって、思い続けてきた。だけど私は頭の中で大人になった自分の姿を思い描いていたんだ。

「なんで叶えられないなんて思うの？　移植をして、全部叶えられる未来になってるかもしれないよ」

慎の叱咤《しった》に、屋上の手すりを強く握った。移植ができる人は一握りで、みんな自分に適合するドナーをひたすら待っている。移植の順番待ちは一列じゃない。早い者勝ちじゃないからこそ、後ろに並んでいた人がいきなり一番前になったりする世界。

「心臓移植って運なんだよ」

「たしかに運も必要だろうけど、そういうのって選ばれるんだよ。ほら、選ばれるべくして選ばれる～とか言ったりするでしょ」

「それって、誰が選ぶの？」

「う ー ん、神様とか？」

「慎って神様、信じてるの？」

「どっちかって言えば。舞は信じてないの？」

「私は……」

もしも神様がいるとしたら、私は祈るんじゃなくて、多分怒る。なんで私を病気にしたのって、責めてしまうと思う。

「舞は自分の病気が治るとは思わないの？」

「え？」

「移植のことも自分はできないって思ってるような顔をしてるから」

その言葉に、唇を噛んだ。誰にも言わないと決めていたことが、喉の真ん中へと上がってくる。誰かに話しても、わかってもらえない。でも本当は誰かに聞いてほしいと思っていたこと。その誰かは、慎がいい。慎だから、話したいことがある。

「慎、私ね、心臓移植したくないんだよ」

移植をしないと生きられないと知ったあの日、胸の奥でなにかが消化されずにつかえていた。それは痛いような、苦しいような、込み上げるような、言葉にできない感覚だった。

――『じゃあ、仮にドナーが見つかったとして、私が手術をしたくないって言ったらどうなるの？』

『その場合、手術は行わない。周りがどんなに望んでも、本人が拒否をすれば手術はできないよ』

あの時、私はなぜかホッとした。最後だけは自分で選択していいんだって。すごくすごく安心したんだ。

「なんで移植をしたくないの?」

「ほら、心臓移植って医者から脳死と診断された人から貰うでしょ。でも、脳死って見た目は眠ってるみたいなんだって」

あれから、色々と自分なりに調べた。脳死だと判断された人は体温もあるし、人工呼吸器を着けていれば心臓も止まらない。だから目を覚ますことはなくても、生きていると思う人のほうが圧倒的に多いそうだ。

「命の炎が自然に消えるまで待つか、それとも心臓が動いているうちに臓器提供をするか。もしも私が脳死判定をされた家族なら、多分同意はしないと思う」

とくに心臓はあげたくない。取り出されるまで鼓動している心臓を体から離すなんて、想像するだけで苦しくなる。

「誰かの心臓を貰うことは、その人に代わって自分が生かされるってことでしょ?私はそんなことをしていい人間なのかなって思うんだよ」

お母さんや風間先生は、移植できる日を信じて待とうと私に言う。でもそれって、誰かが死ぬのを待っていることと同じ意味なんじゃないの?

私はなんの取り柄もないし、人から感謝されることもなにひとつしたことがない。

そんな私が誰かの命を貰って生きていいのって、ずっと自問自答してしまうんだ。

「あくまでこれは私の考えだから、ドナー待ちの人を否定してるわけじゃないんだよ」

「うん、大丈夫。わかってるよ」

「どう思った？　正直に言って」

「舞が言ったとおり、これは舞の考えだから僕はそれでいいと思う」

「……うん」

「でも僕は舞に生きてほしい。どんなことがあっても、生きることを選んでほしいって思ってる」

慎があまりに力強く言うから、ぐっと涙を堪《こら》えた。

なんでまだ十七歳なのに、死ぬとか生きるとか、そんな難しいことを考えなくちゃいけないのだろう。成長とともにゆっくり学んでいきたいのに、神様はその時間すらくれない。

「やっぱり私は……神様なんて信じない」

小さく呟いた声は、しっかり慎に拾われていた。

「じゃあ、舞の病気が治るように僕が代わりに祈るよ」

彼が優しく笑った。それなら私は慎の病気が治るように、どこに祈ればいいのだろうか。心臓移植が選ばれるべくして選ばれるのなら、私は慎に幸せになるべくして、幸せになってほしい。

「冷えてきたから、そろそろ中に入ろう」と、彼に手を引かれた。そっと重なっている慎の手は、私よりも大きくて温かい。

「ねえ、慎は叶えたいけど、叶えられてないことってあったりする？」

「たくさんあるよ」

「例えばなに？」

「舞と外に遊びに行きたい」

「え？」

「それが今、叶えたいこと」

繋がっている手を、強く握り返したのは私のほう。

慎だから、熱くなる。慎だから、心臓も速くなる。

恋をしてはいけない。恋をしても苦しいだけだって、頭ではわかっている。

でも、どうしようもなく惹《ひ》かれてしまう。明日自分がどうなっているかわからなくても、未来へと繋がる心臓移植を望んでいなくても、私はきっともう、慎のことが好きなんだ。

＊

それから数日が経って、私は今日も風間先生の元へと向かった。丁度入れ違うように診察室から出てきた慎はマスクを着けていた。

「ゴホゴホ……あれ、舞が次だったんだ。ゴホ、ゴホ」

「咳《せき》がひどいね。風邪でもひいた？」

「まあ、そんなところ……ゴホッ。だから暫く病室で大人しくしてるよ。舞にうつったら大変だしね」

私の心配なんてしなくていいのに、慎は言葉少なに部屋に戻っていった。

――『舞と外に遊びに行きたい』。それを実現するためにあれこれと話そうと思っていたのに、今日はそれどころじゃなさそうだ。

「ねえ、慎の風邪がつらそうだったけど、大丈夫なの？」

私は診察室に入ってすぐに、彼のことを聞いた。せっかく私の発作のことが落ち着いてきたのに、今度は慎が病室から出られないなんて……。

「二週間は安静にするように伝えたところだよ」

「じゃあ、二週間でよくなるってこと？」

「大体の目安はね」

「咳止めとか飲めば、もう少し早く楽になる？」

「慎くんの咳は風邪じゃなくて、湿性咳嗽《しっせいがいそう》といって病気の症状のひとつなんだよ」

「しっせい……がい……そう？」

「同じ咳でもウイルスによる風邪とは違うんだ」

「慎も私と同じ心臓病でしょ？　私は咳なんて出ないよ」

「まあ、心臓病にも様々な種類があるからね。心臓と肺は血液と酸素を送り合っているから、心臓の働きによって気管が刺激されたり、圧迫されたりもするんだよ」

「……治るんだよね？」

「治すのが僕の仕事ですから」

風間先生の心強い言葉にホッと胸を撫で下ろした。慎は自分の体のことは話さない。薬も飲んでいるだろうけれど、その姿を私には見せないし、暗い顔も一切しない。

でもその裏側で、彼の病状は少しずつ進んでいる。私もまたいつ大きな発作が起きるかわからない。

ドッ、ドッ、ドッ……。自分の左胸に手を当てたら、弱っていることが嘘のように鼓動し続けていた。

私はその日、何度も慎の病室まで行った。けれど、部屋の向こうで苦しそうに咳をしている声を聞くと、扉をノックすることはできなかった。

……今、行ったら迷惑になる。きっと話すのもきついはずだ。たかが扉一枚。でもその扉を開けられないだけで、慎がとても遠い場所にいるような感覚になった。

気落ちしながら自分の病室に戻ると、中から物音がした。中村さんが来る時間じゃないし、お母さんも今は仕事中だ。誰だろうと、おそるおそる扉を開けたら……。

「舞、久しぶりだな」

「え、お、お父さんっ？」

なぜかそこには、単身赴任で北海道にいるはずのお父さんがいた。

お父さんが北海道に行ったのは私が倒れる前だから、会うのは三か月ぶりだ。近々帰れるなんていうことはメッセージのやり取りで聞いていたけれど、まさか今日だったなんて知らなかった。

「く、来るなら来るって言ってよ。びっくりしたじゃん！」

「舞をびっくりさせたかったから、母さんにも黙っておくように言ってあったんだよ」

「帰ってきたってことは、ずっとこっちにいるの？」

「舞が大変な時に駆けつけられなかったから、今日は急遽《きゅうきょ》、時間を貰ってきたんだ。また明日には戻らなきゃいけないけどな」

「もう、別に無理しなくたっていいのに」

うちに買ってきたであろうお土産の袋を持ったままだから、お父さんはまだ家には帰っていない。空港から直接、病院に来てくれたのかな。真っ先に私に会いにきてくれたことが嬉しかった。

「少しでいいから病院の中を案内してくれるか？」

「いいけど、なにもないよ？」

「普段、舞がどんな生活をしてるのか一緒に歩いてみたいんだよ」

お父さんの要望に応えるために向かったのは、患者やお見舞いの人が利用する休憩スペースだ。そこには電子ポットやレンジが置かれていて、ここで軽食を取ることもできる。

「喉が渇いたらここの自販機で飲み物を買ってる。テレビは誰でも観《み》ていいみたいだけど、いつも入院してるおじいちゃんが陣取ってるよ」

「はは、そうか」

次に連れていったのは売店。食べ物だけじゃなくて、日用品も揃《そろ》っているけれど、必要なものはお母さんが持ってきてくれるから、あまり利用はしない。

「あ、でも和樹が来る時だけはお菓子やアイスを買ったりするよ。和樹ってば、会いにきてくれるのはいいんだけど、必ず『また来るね！』って帰っていくんだよ。絶対病院を遊び場だと思ってそう」

「和樹は舞のことが大好きだからな」

「あと、私がよく行くところは──」

最後にお父さんを案内した場所は、屋上だった。今日はいつも以上に風が強くて肌寒いけれど、そこだけは外せない。

「すごい眺めだなあ」

私がいつも見ている景色に、お父さんも感動していた。空が近くて、街も一望できて、おまけに電車も見える。病院はとても暗い場所かもしれないけれど、ここだけはいつも光に満ちている。

「舞が元気そうで安心した」

お父さんは笑うと目尻にしわができる。笑いじわとも言うそうで、幸せだとたくさんしわができるんだよって、小さい頃に教えてもらったことをふと思い出した。

「ねえ、お父さんが単身赴任をしてるのは私のためでしょ？」

私の入院や治療にはお金がかかる。もちろんそういうことを直接言われたわけじゃないけれど、お父さんの負担になっていることは痛いほど理解していた。

「舞のためだけじゃなくて、家族のためだよ。もちろん自分のためでもある。俺は仕事が好きだから」

お父さんは料理ができないし、片付けも下手だし、靴下も自分じゃ探せない。きっと色々と大変なはずなのに、やっぱりお父さんの目尻には幸せの線が入っていた。

「いつもありがとう」

忙しいはずなのに毎日届く『おはよう』と『おやすみ』も。全然面白くないダジャレを送ってくる時も。この前の文化祭だって、お父さんが後押しをしてくれたから私は行くことができた。

「舞にありがとうなんて言われたら泣いちゃうな」

「もう泣いてるじゃん」

「病気のこと、つらくないか？」

「つらくないって言えば嘘になるけど、全部がつらいとは思ってないよ」

これは強がりじゃなくて、本当のことだ。今まで病気の自分を受け入れられずに、普通になりたいと思っていた。だから入院になってしまったことも、毎日の診察も、飲まなきゃいけない薬も、少し前まではすごくすごくつらかった。

でも病気のおかげで、当たり前の日常なんてないのだと知ることもできた。

「そうか。舞の病気を代わってあげることはできないけど、いつも一緒に闘っているからな」

お父さんがまた涙ぐんでいた。苦しいのはきっと、私だけじゃない。お父さんやお母さんや和樹も、家族みんなで闘っている。私だけの命ではないからこそ、ちゃんとこの先のことも考えなければならない。今まで逃げていた〝未来〟のことも、考えられる自分になりたいと思った。

＊

慎の咳がよくなったのは、風間先生が言っていたとおり二週間後のことだった。

やっと彼の部屋に行けることになった私は、午前中から入り浸っているけれど……。

「あーもう嫌だ！　本があっても全然意味わかんないし！」

慎の体調のこともあり、最近折り紙を貰えてなかったから、一緒に作ろうと自分から誘った。だったら、小児科の先生から借りてきた本があるというので、それを見ながらやっていたけれど、彼のようにうまく折ることができない。

「私、自分のことを器用だって思い込んでたけど、多分不器用なのかもしれない」

「舞は手先だけじゃなくて、性格も不器用でしょ」

「え、なにそれ。ひどくない？」

「何事にも一生懸命でまっすぐだけど、困った時に人に頼ったり甘えたりできない」

「じゃあ、慎も性格は不器用じゃん」

「はは、そうかも」

彼は私が放棄した折り紙を作り直して、とても綺麗なガーベラを完成させた。

「はい」と手を伸ばして渡してくれた時に、服の袖から腕が見えた。この二週間で慎は少しだけ痩せた。咳で食事が取れなかったのかもしれない。

「もう体は平気なの？」

「うん。風間先生からも舞と出かけていいって言われたよ」

「えっ！　慎も今日の診察の時に聞いたの？」

「じゃあ、舞も？」

私は慎と出かけたいことは伝えずにただ外出をお願いしただけだけど、なんとなく先生がニヤニヤしてたから、おかしいとは思ったんだ。

「検査をして問題なければ許可してくれるって言ってたんだけど、舞はどう？」

「うん。私も色々と約束はさせられたけど、それが守れるなら大丈夫だって」

その約束事には、もちろんお母さんから許可を貰うことが含まれている。

――『お母さんは私じゃなくて、自分が大切なんだよ』

あの日以降、喧嘩のことには触れないようにしてるし、私はいまだに直接謝れていない。

慎の部屋を後にしてエレベーターに乗ったら、お母さんと鉢合わせた。その手にはオレンジ色の花を抱えていて、偶然にも慎が作ってくれたガーベラと同じだった。

「また三階の子の病室に行ってたの？　名前は宇佐見くんだっけ？」

「うん」

私の発作がきっかけで、お母さんと慎には面識ができた。どんな関係かまでは聞いてこないけれど、親しくしていることはわかっていると思う。

「宇佐見くんにも親御さんがいるんだから、頻繁に行ったら迷惑になるわよ」

「毎日行ってるわけじゃないから大丈夫」

前のお母さんだったら間髪を容れずに『なにが大丈夫なの?』って言い返してきた。だけど、最近は口うるさく言われなくなった。

言うことを聞かない私に呆《あき》れているのかもしれないし、あるいはまた喧嘩にならないように堪えているのかもしれない。

私の気持ちを優先すると、お母さんが我慢する。お母さんの気持ちを優先すると、私が我慢をする。どっちも我慢しなくて済む方法はないのだろうか。

「……あのさ、また外出許可がほしいんだけどいい?」

丁度エレベーターが私の病室がある階に止まった。発作のこともあったし、簡単に許してもらえないことは覚悟している。だけどお母さんは「無茶なことだけはしないようにしなさい」と言って、私よりも先にエレベーターを降りていった。

——『早く舞の移植が決まらないとっ……』

さっきの折り紙の本にガーベラの花言葉が載っていた。——希望。お母さんが私の部屋に花を飾るのは多分、心臓移植への願いが込められているからだ。

死にたいわけじゃない。

生きたい気持ちは、ちゃんとある。

でも私はまだ、その願いを心で拒んでいる。


迎えた外出の日。朝の診察が終わり、メイクをしたところまではよかったけれど、私はかれこれ二十分ほど着ていく洋服を迷っていた。

「うーん、どれがいいかな……」

お母さんには頼みづらかったこともあり、和樹に私服を数着持ってきてもらったのに、スカートがいいか、デニムがいいか悩んでしまって決まらない。

髪の毛を結んでいくなら、可愛い系。帽子を被っていくなら、カジュアル系。靴はスニーカー、バッグはリュックだから、やっぱり動きやすい格好のほうがいい？

『支度できた？　ロビーで待ってるよ』

いっそのこと制服で行ったほうがいいんじゃないかと思っていたら、慎から連絡がきた。

「や、やばい。急がないと……！」

迷った末に私は、ゆったりめのブルゾンにデニムを合わせた。ロビーに着くと、慎は正面玄関の入口に立っていた。彼の格好は、黒色のミリタリージャケットにキャップ姿。同じカジュアル系だけど、慎はモデルみたいにカッコよかった。

「ハア……慎、おまたせ」

「なんか息切れしてる？」

「ああ、エレベーターがなかなか来ないから階段を使った」

「もしかして僕が急《せ》かしたせい？」

「え、違う、違う！　洋服が決まらなくて私がモタモタしてたんだよ」

ただの友達同士だったら、こんなに迷わない。きっと相手が慎だから、ちょっとでもよく思われたいって気持ちがどこかにあるのかもしれない。

「これ、おそろいだ」

そう言いながら、慎は私のキャップのツバを少しだけ上げた。

「おそろいじゃないよ。私の色はベージュだし」

「でも同じキャップでしょ。洋服も似合ってるよ。ちゃんとした私服姿の舞ってはじめて見たかも」

「あ、たしかに私もそうかも。うちら病院ではスウェットばっかりだもんね」

「うん。だから色々と新鮮」

「ね、私も新鮮！」

「なんかいつもよりテンション高い？」

「それを言うなら慎だって同じでしょ？」

「だって嬉しいから」

彼が照れたように、はにかんだ。私たちが遊べる時間は、風間先生と事前に約束をした日が暮れる前の十六時まで。もちろんその他にもなにかあった時のためにスマホのGPSをオンにしておくことや、援助が必要な人だけが持てるヘルプマークのストラップもカバンに付けておくように言われた。たくさんの制限はあるけれど、今日だけは難しいことを考えないで楽しめたらいいなって思っている。

「なにが観たい？」

私たちは最初に映画館に向かった。平日ということもあって、お客さんは数えるほどしかいない。いつも混雑しているであろう人気映画も貸切状態で、席も選び放題だった。

「慎が観たいのでいいよ」

「僕は舞が観たいものが観たい」

「えーそうなると恋愛ものになるよ。この漫画原作のやつとか」

「じゃあ、それにしよ」

映画の上映は約二時間。内容は内気な女の子が自分とは正反対のモテ男子と出会って、恋に落ちていくというベタなラブストーリーだ。

この漫画は百合たちが教室で回し読みをしていたから、私も見せてもらったことがある。その時は恋愛に興味がなかったし、周りが盛り上がっているのに合わせているだけだった。共感なんてできないと思っていたのに、スクリーンの中で懸命に恋を頑張っている主人公を応援している自分がいた。

ふたりで分けるために買ったLサイズのポップコーン。口に運ぶタイミングが一緒で、何度も指が触れた。そのたびに目が合って、慎は少し恥ずかしそうに笑う。

……自分が観たいと言った映画なのに、私は彼の横顔ばかりを気にしていた。

「僕、プリクラってはじめて撮った」

映画館を出たあと、レトロなカフェで軽い昼食を挟んでゲームセンターに行った。そこでなにか記念になるものがほしくて、私から「プリを撮らない？」と誘った。

「慎はプリでも写りがいいね」

「なんか目が二倍くらい大きいんだけど」

「うん、勝手に加工されるんだよ」

「ほっぺたも赤すぎない？」

「あ、そのチークは私が付け足した！」

「僕はいいけど、舞はプリクラ撮らないほうがいいよ」

「えっ、私、写り悪い？」

「ううん。実物のほうがいいから」

「へ？」

「でも半分貰うね」

彼はなくさないようにと、プリを透明のスマホケースの中に挟んだ。実物のほうがいいなんて、どういうつもりで言ってるのだろう。

プリを撮りにきた女の子たちが慎のことを見て、耳打ちをしながらなにかを喋っている。こういう場面は学校でもあった。イケメンを見つけると、女子たちは大抵共有し合う。おそらく今も『ヤバくない？』なんて言ったりしつつ、彼の容姿を褒めているはずだ。

隣にいる私は、どういうふうに映っているのかな。慎はまったく周りの視線に気づいてないみたいだけど、私は気にしてしまう。メイクをしていてよかった。洋服もちゃんとしたものを着てきてよかった。私といることで、趣味が悪いなんて慎が思われていませんように。

「舞、次はどこに行く？」

彼は躊躇《ためら》いもなく、私の手を握った。慎の気持ちはわからない。でも、自分の中ではどんどん彼に対する想いが膨らんでいた。

それからなにをするわけでもなく、ゆっくりと街を探索した。ブーブーブー。お互いのスマホが同時に鳴る。時刻は十五半時。約束の時間に遅れないようにと、ふたりで設定しておいたアラームだった。

「なんかあっという間だったね」

「うん……」

最初からわかっていたけれど、時間が足りない。病院にいる時は一日がとても長いのに、なんで今日だけこんなに早いのだろうか。

「ちょっと寄り道してもいい？」

「寄り道？」

「うん。舞と一緒に行きたいところがあるんだ」

彼の後をついていく形で、私は移動をはじめる。連れてこられたのは、長くて大きな歩道橋だった。国道に架かっている歩道橋よりずいぶん横幅が広くて、橋の下には六本の線路が敷かれている。

「あ、丁度来た」

慎が柵に手をかけたので、私も真似して景色に目を向けた。ゴーーという車輪の音とともに、私たちの下を電車が通過していく。十四編成の車両はヘビみたいに長くて、そのしっぽを追うように私たちは反対側へと回る。やっと車両が途切れた頃に、隣の線路に違う電車がやってきた。

「私、こうやって電車を上から見たのはじめてかも」

「けっこう迫力があるでしょ？」

「うん。よくこんな場所があるって知ってたね」

「学校に通えてた中学の時に、よくひとりでこの場所に来てたんだ。電車を見てると妙に心が落ち着くから」

歩道橋に流れる風が、彼の髪の毛を優しく撫でている。慎は一体どんな気持ちで、ここから電車を眺めていたんだろう。もしかしたら長期入院になってしまう覚悟がどこかにあったからこそ、この景色を胸に焼きつけていたのかもしれない。

「慎は屋上でも電車を見てるよね。好きなの？」

「電車ってさ、僕らの人生に似てると思わない？」

「……人生？」

「ほら、電車は始発駅から終点まで色んな人を乗せて走るでしょ。各駅に止まるたびに乗ってくる人もいれば、降りる人もいる。そうやって出会いと別れがある感じが、人間と同じだなって思うんだよ」

だとしたら、十七年間走り続けている私の電車にはどれくらいの人が乗っているのだろうか。

走り出してからたくさんの人を乗せてきたかもしれないけれど、今は数えるほどしか乗っていない。

出会ってきた人が多くても、みんな途中で私の電車を降りていってしまったから。

「中学生の慎は人気者だっただろうから、電車も満員なんじゃない？」

「通ってたって言っても週三くらいだったし、前にも話したけど、人の顔を覚えるのが苦手だから、興味を持たれてもわりとみんなすぐに離れていったよ」

「そう……なの？」

「だから本当にずっと顔を忘れずにいた人は舞だけなんだ」

その言葉に、心臓が跳ねた。そこに深い意味なんてなくても、私の胸を高鳴らせるには十分すぎるほどの威力があった。

「な、なんで私のことなんか……」

「舞っていつも診察室を出た時には涼しい顔してるんだけど、廊下を歩いて暫くすると、いつも泣きそうになってる」

「…………」

「それでたまに我慢できずに泣いてることもあったけど、待合室にいるお母さんのところに戻る時には『全然、大したことなかった』って明るく笑ってたりしてるんだ」

「自分が一番つらいのに、周りに心配かけないようにしてる舞のことが気になってた。優しい子なんだなって、気づいたらずっと目で追うようになってたよ」

それを聞いて、私は手に力を込めた。行きたくないと思っても、行かなければいけなかった二週間に一度の定期検診。風間先生や中村さんはいつも優しいけれど、私にとって病院は冷たい場所で、診察室は怖い空間だった。

本当は不安でたまらないのに、それを口に出せばもっと弱くなると思った。だから、お母さんの前では明るく振る舞った。泣く時はいつだって誰にもバレないように隠れて泣いた。

でも、そんな私のことを見ていてくれた人がいた。気づいてくれた人がいた。私は優しくなんてないけれど、慎がそう言ってくれるなら、優しい人になりたい。そう思いたくなるほど、彼の言葉には魔法のような力がある。

「ねえ、慎の電車に私は乗ってる？」

「乗ってるよ。舞が最後の乗客かも」

「私が最後なんて嫌だ。慎はこれから病気を治して、色んな人を乗せて走るんだよ」

「うん、舞も」

「…………」

もしも百人の出会いがあったとしても、私が特別だと思えるのは慎だけかもしれない。

　大勢なんていらない。付き合いが長いとか短いとかは関係ない。たったひとりでも大切だと思える人に会えたら、それだけできっといいんだと思う。

「今日は僕の願いを叶えてもらったから、次は舞の番。なにか叶えてほしいことはある？」

「うーん、そうだな。やりたいことはないけど、行きたいところならあるよ」

「どこ？」

「海に行ってみたい」

　今まで海に行く機会もなかったから、私は潮の香りも、砂浜の感触も、波の音さえ知らない。こんな感じなんだろうと、なんとなく頭で思い浮かべることはできても、きっと実際は違う。そういう場所がいくつかあって、海もそのひとつだ。

「そういえば、僕も海に行ったことないな」

「え、本当に？」

「うん。じゃあ、必ず行こう。ふたりのはじめての海に」

　約束の意味を込めて、私たちの小指がそっと重なる。この気持ちはなんだろう。

　嬉しいじゃなくて愛《いと》しいと思ったのは、生まれてはじめてだった。

第6章　涙という名の

今日は朝から、強い木枯らしが吹いていた。窓の外では秋が過ぎ去って、季節は冬になろうとしている。

「今日は舞ちゃんの好きなお魚よ。なんと、サヤエンドウも添えられています！」

朝食を部屋まで運んできてくれる中村さんは、どんな時でも太陽のように明るい。

「魚もサヤエンドウも嫌いだよ」

「でもミカンは好きでしょ？」

「ミカンだけね」

ひとまず苦手なものから胃に入れてしまおうと、私は魚を箸で突っついた。正直、病院の食事は味気ないものが多い。健康に気遣ったメニューだとしても、パスタが食べたい時もあるし、ハンバーガーにかぶりつきたい日だってある。

「入院患者って、みんな同じものを食べてるの？」

「同じじゃないわよ。患者さんによっては固形物を口にできない人もいるからね」

「でも、慎とは同じでしょ？」

「あら、慎くんが同じお魚を食べてたら、舞ちゃんも頑張れそう？」

「もう、バカにしないでよ」

拗《す》ねたように魚を口に運ぶと、それを見て中村さんが笑っていた。

「慎くんもね、舞ちゃんの話ばっかりしてるのよ」

「〝も〟って、別に私はそんなにしてないし」

「ふたりが仲良くしてくれて、本当に嬉しく思っているの。とくに慎くんはずっと寂しそうにしてたから」

「慎って、中学の時から入院してるんでしょ？」

「ええ、十四歳の時からよ」

……十四歳。つまり彼は卒業を迎える前の中学二年生の時からこの病院にいることになる。

私はたった数か月の入院で愚痴を言っていた時期もあったのに、慎は三年。

……三年って、あっという間なのか、それとも長いのか。偶然にも、私の心臓のタイムリミットと同じ年月だ。

「舞ちゃんも色々と気負うこともあるだろうけど、なんでも相談してね。私は舞ちゃんのおばさんみたいなものだから」

「お姉さんじゃなくていいの？」

「ふふ、私はもうおばさんよ。なんせ舞ちゃんのことは赤ちゃんの頃から知ってるもの」

たしかに私は生まれてからずっとこの病院のお世話になっている。そう思うと、風間先生や中村さんは病気を診るだけじゃなくて、私の成長も見守ってくれているんだと思う。

「慎の赤ちゃんの頃も知ってる？」

「もちろんよ」

「……慎のお母さんって、どんな人？」

「とても美人よ。慎くんがイケメンなのが納得できるくらいに」

「じゃあ、中村さんは会ったことがあるんだね」

「ええ。週に一回持ってきてくれる慎くんの着替えは、私が直接預かってるからね」

「病院に来てるなら少しでも慎の顔を見ればいいのに……」

心の中で呟くはずが、つい声に出していた。

――『母さんと僕は顔を合わせないほうがいいんだよ』

前にそう言っていた彼の表情は、とても寂しそうだった。

「色々な事情があるのよ。私も母親だからわかるけど、きっと慎くんの顔を見ると移植の焦りを感じてしまうんだと思うわ」

中村さんの言葉を聞いて、思わず朝食の手が止まった。……え、ま、待って。今、なんて言った？

「慎くんはもう三年以上、待ってるからね」

ドクドクと、心臓がうるさい。彼も移植をしなきゃいけない体なんて聞いていない。

でも中村さんは私たちが親しいのを知っているから、そういうことをお互いに打ち明けていると思っていたのだろう。

「あ、そ、そういえば慎の病名ってなんだったっけ？　えっと、えっと」

平静を装いながら、私はとっさに思い出せないふりをした。

こんなのズルいことは、わかっている。でも移植の事実を聞いてしまったからには、もっと踏み込んだことが知りたいと思ってしまった。

「慎くんは拡張型心筋症よ」

ドクンっ。また大きく心臓が鳴った。今まで心臓病のことはたくさん調べてきたから、ある程度の知識だけは頭に入っている。拡張型心筋症は、難病に指定されている心臓病のひとつ。そしてそれは……私よりもはるかに重い病気だ。

中村さんが病室から出ていったあと、スマホを手に取って慎の病気をより詳しく検索した。そこには体のだるさや心臓の動きが速くなってしまう動悸《どうき》、それから息苦しさといった私と同じ症状が書かれていたけれど、ある文字を見て指が震えた。

【診断されてから五年生存率は五十四パーセント、十年生存は三十六パーセントと言われている】

赤ちゃんの頃から病院に通っていたってことは、慎の病気は私と同じで生まれつきの可能性が高い。

十年生存率が三十六パーセントって……慎は今、十七歳だよ？　だとしたら今、生きているのはどのくらいの確率？

【また症状が進むにつれて安静時にも突発的な発作が起きて、最悪の場合は呼吸困難になる。現時点での治療法は、心臓移植しかない】

──『慎、私ね、心臓移植したくないんだよ』

「……っ」

知らなかったとはいえ、私はなんてことを言ってしまったんだろう。罪悪感と後悔が襲ってきて、気づけば部屋を飛び出していた。

「……慎！」

私はノックもしないで、彼の病室の扉を開けた。慎は朝食の片付けを終えて、ベッドの上で漫画を読んでいた。

「え、舞？　どうしたの？」

いきなり押し掛けたせいで、彼が目を丸くさせている。なんて言おう。なんて言えば……と、動けなくなっていると、慎から手招きをされた。

「もっとこっちに来てよ」

「………」

「舞が来ないなら、僕が行く？」

私は首を横に振って、彼がいるベッドに近づいた。慎は勘がいいから、私が慌てて来た時点でなにかを察している。

勝手に探るようなことをして怒られるかもしれないけれど、知ってしまったからには隠しておくことはできなかった。

「……私、慎の病名を知ったよ。慎も移植が必要な体なのに、無神経なことを言っちゃったね。本当にごめん……」

心臓移植をしたくないと言ったのは、私の本心だ。誰にも言えなかったことを慎に言えたことで心が軽くなった。でも反対に、彼の心を重くしてしまったかもしれない。

「なんで舞が謝るの？　移植したくないって話、僕は舞らしいなって思ったし、聞けてよかったよ」

「でも……っ」

慎は三年以上も移植ができる日を待っている。それなのに私は移植することを否定するような発言をしてしまった。

「私は自分のことしか考えてなかった。慎は私よりずっと重い病気なのに……」

「じゃあ、舞はこれからなにか変わる？」

「え？」

「僕の病名を知ったからって、今までとなにか変わるの？」

「それは……」

「病気のことで同情されるのは、舞も嫌いなはずでしょ？」

そうだ。私は病気だからって優しくされたり、可哀想だと思われることが大嫌い。たしかに私は彼の病名を知って動揺した。私より重い病気だったから、言ってはいけないことを口に出してしまった気がして後悔もした。でも、ここで気を使い合うのは違う。そんな関係は、私も慎も望んでいない。

「ごめん、あ、このごめんはそういう意味じゃなくて。私が間違ってたっていうか、慎とは今までどおり対等でいたいと思ってるから、謝ったことは忘れて」

病気の重さは関係ない。私はこれからも、慎とは本音で話したいから。

「うん。じゃあ、忘れるね」

「慎って、漫画とか読むんだね」

「売店に置いてあったんだ。野球マンガの二十七巻」

「集めてるの？」

「ううん、なんとなく手に取ってみただけ」

「え、話わかる？」

「わかんない」

「ふっ、ははっ！」

いつも、いつだってそうだ。この世の終わりみたいに心が沈んでいても、慎と話すと自然と笑顔になれる。

「今日も舞が僕と遊んでよ」

「いいよ。なにする？」

「じゃあ、どっちかの部屋でお菓子を食べて、屋上でひたすらのんびりするのはどう？」

「なにそれ、最高じゃん」

私の返事を聞いて、今度は慎が笑った。彼が嬉しそうだと、私も嬉しい気持ちになる。彼がキラキラした顔で笑うと、私もキラキラする。こんな時間が、ずっとずっと続けばいいのに。無理だとわかっていても、私は時間を止められる方法を探していた。

＊

カレンダーが十二月になる頃、私は一時退院を許してもらえることになった。お母さんが運転する車で病院から家に帰ると、和樹が元気よく抱きついてきた。

「姉ちゃん、おかえり！」

「わっ、なんか背が伸びた？」

「そうかな？　姉ちゃんが縮んだだけじゃない？」

「相変わらず生意気！」

「いててて っ」

玄関先で弟の頬をつねっていると、「ほらほら、じゃれ合ってないで早く上がりなさい」とお母さんに背中を押された。

久しぶりの我が家はなにも変わっていなくて、リモコンの置き場所さえそのままだ。いつも寝転んでいたソファも、お母さんが大事に育てている観葉植物も、和樹が夏休みに作った工作も、なにひとつ変わらないで同じ場所にある。

月日にすれば、たったの数か月。でも当たり前だと思っていた場所に帰れないことは、私にとって途方もないほど長い時間だった。

「今日、お父さんは帰ってこれないんだよね？」

「うん、色々と調整してくれたみたいなんだけど、やっぱり難しいって」

「まあ、この前急遽戻ってきちゃったからね」

「みんなで集まれないのは残念だけど、今日は舞の好きなものをたくさん作るつもりだから期待しててね」

エプロンを着けたお母さんは、さっそくキッチンで料理の支度をはじめた。病院に来る時は険しい顔をしていることが多いのに、今日のお母さんはとても上機嫌だ。

……私が帰ってくるだけで、こんなに嬉しいんだな。

「姉ちゃん、ご飯ができるまで一緒にゲームしよう！」

「宿題はやったの？」

「もう、今日は宿題なんていいよ！」

「はは、たしかに。じゃあ、うん。相手してあげる」

私ははじめて弟のコントローラーを握った。外ではサッカー、家ではゲーム。そんな和樹に対して『子供っぽい』なんて冷めた視線を送ったこともあった。でもこういう時間も、当たり前のことではない。家にいられるのは、二泊三日という短い期間だけ。でも私はきっと、大事にできると思う。

三人で囲んだ食卓には、ハンバーグにからあげにパスタと、本当に私の好物ばかりが並んだ。食べることは、生きること。そんなことをなにかの本で読んだことがあったけれど、家族で食べるご飯は泣きそうになるほど美味しかった。

夕食後。私はリビングと繋がるバルコニーで星空を見上げていた。……星も久しぶりに見たな。夜の空気をたくさん吸い込んだところで、お母さんがやってきた。

「舞、りんご剥いたから食べる？」

「うん。あ、お母さんもここに座る？」

自分の隣を指さすと、お母さんが隣に腰を下ろした。こうして肩を並べるのは何年ぶりだろう。思い返しても、背中合わせになっていた姿しか浮かばない。

ふと、りんごに目を向けたら、やっぱりそれはうさぎの形をしていた。

「ねえ、お母さんは幼稚園のハイキングの時のことを覚えてる？」

「もちろんよ、忘れるわけないわ」

「あの時から、お母さんのりんごはいつもうさぎだよね」

「舞があの日笑ってくれたから、絶対にりんごはうさぎの形に切るようにしてるの」

振り返ると、あの日ふたりで食べたお弁当には今日と同じで私の好きなおかずしか入ってなかった。なにもない公園で、誰もいないふたりだけのピクニック。でも、私は今でもあのお弁当やりんごの味を鮮明に覚えている。

「この前、お父さんとも病院の屋上で話したよ」

「知ってるわ。内容は聞かなかったけど、舞にお礼を言われて泣いたって言ってた」

「お父さん、すぐ泣くんだよ。誕生日に肩たたき券をあげただけで号泣してた時もあったじゃん」

「ふふ、舞がまだ和樹くらいの頃だったわね」

「そうそう。お父さんって昔から涙もろいの？」

「知り合ったのは大学生の時だったけど、その時から涙もろかったわよ」

「へぇ。じゃあ、その頃から付き合ってたんだ」

「最初は友達関係だったけどね。私がテニスサークルに入ってて、いつも応援に来てくれてた」

「えっ、お母さんテニスできるの!?」

「あら、これでも運動神経はよくて県大会まで行ったことがあるんだから」

そんな話、はじめて聞いた。思えば今までお母さんと他愛ないことを話す機会さえなかった気がする。

「舞がお腹に宿ってることがわかった時、絶対にテニスをやらせようと思ってたの。私にはそれしか教えられることがないし、一緒にできたら嬉しいなって」

私はお母さんの厳しさに何度も泣いたことがあった。走ることもダメ、縄跳びもダメ、ドッジボールもダメ。そうやって小さい頃から運動を制限され続けて、息苦しさを感じていた。

だから、あの時に言った。お母さんは私じゃなくて、自分が大切なんだって。私が元気になって、自分が許されたいだけなんだって、ひどいことを口にした。

でも、運動したいっていう私にダメだと言うお母さんの気持ちなんて、考えたことはなかった。

幼稚園のハイキングの時も、本当はお母さんもつらかったのだろうか。

どんな気持ちで私にお弁当を作ってくれた？

どんな気持ちでふたりだけのピクニックをした？

私は簡単に機嫌を直したけれど、お母さんはどうだった？

本当は私以上に、泣いていた？

私はダメって言われるたびに苦しかったけれど、ダメって言い続けなければいけないお母さんも苦しかったんだ。

「お母さん、私ね、病気がお母さんのせいだなんて思ったことは一度もないよ」

それをずっと言いたくて、言えなかった。

「ムカついてイライラする時も、薬の副作用で気分が悪い時も、私はお母さんのせいだって思わない。反発して喧嘩になることもあるけど、それだけは覚えていてほしい」

病気はお母さんのせいじゃない。でも自分のせいでもない。

周りの人と違うところがあったとしても、それが光に変わる時もある。

それを慎が私に教えてくれた。

「ありがとう、舞……ありがとう」

お母さんの目から涙が溢れていた。一番近いからこそ、ぶつかってしまう。

でもこれからは、お母さんとも寄り添っていける気がした。


その日の夜。私は久しぶりに自分のベッドで横になっていた。天井にかざしていたのは、慎とはじめて一緒に作ったネコの折り紙。お守り代わりに病院から持ってきたものだ。ちなみに私のは慎が作ってくれた灰色ネコで、タヌキだとバカにされたネコは彼が持っている。

……慎は今頃なにをしているだろう。消灯時間までまだ三十分あるけれど、きっと自分の病室にいるはずだ。

『舞、気をつけてね』

今日、病院を出る時、彼に少しだけ会った。いつものように優しく見送ってくれたけれど、急いでいたこともあってゆっくり話すことはできなかった。

明後日には帰るのに、声が聴きたい。ブーブーブー。その時、枕元に置いてあるスマホが鳴った。画面に表示されている名前を見て驚く。私の想いが通じたみたいに、慎からの着信だった。

「も、もしもし……!?」

勢いあまって、声が引っくり返った。

『あれ、ごめん。もう寝てた?』

「う、ううん! 電話がくると思ってなかったからちょっと勝手に慌ててただけ」

慎との電話はこれで二回目だ。文化祭の帰り道の時も感じたけれど、電話越しの彼の声は、いつもより低く聞こえる。

声が聴きたい、なんて思っていたとはいえ、慎との電話は落ち着かなくて、気づけばベッドの上で正座していた。

『僕は舞からかかってこないかなって思ってた』

「えっ」

『それで、かかってこなかったから自分でかけた』

「私も……今、慎のことを考えてた」

『どんなこと?』

「やっぱりネコは灰色だなとか」

『はは、僕も今、舞のタヌキを見てる』

「だからそれは色のせい!」

電話の向こう側で、慎の笑い声がした。今までも男子と電話をしたことはあるけれど、こんなふうに緊張したりはしなかった。慎は私以外の女子と電話をしたことがあるのだろうか。欲ばりかもしれないけれど、私がはじめてだったらいいなと思った。

『久しぶりの家はどう？』

「楽しいよ。でもなんかベッドが合わないんだよね」

『うん？』

「ほら、病院のベッドって固いでしょ？　私、自分のベッドが柔らかいやつだったから、入院したての頃は体に合わなくて眠れなかったんだ」

『でも今は家のベッドのほうが合わない？』

「うん、不思議だよね。それがいいのか、悪いのかわからないけど」

入院生活に慣れるって言い方は変かもしれないけれど、少しずつ病気の自分と向き合いはじめたみたいに、きっと体も受け入れようとしてくれているのかもしれない。

「……慎は家に帰りたいって、思ったりしないの？」

『僕にとっては、ここが家みたいなものだから』

本当に？なんて聞きかけた言葉を飲み込んだ。慎のお母さんが会いにこないのは、顔を見るとつらくなってしまうからだと思う。

それは慎が前に言っていたみたいに病気の体に産んでしまったという罪悪感なのか

もしれないし、中村さんの言うとおり移植への焦りもあるのかもしれない。

でも、私が今日お母さんと向き合えたように、顔を見て話すことができれば、心が軽くなることだってあると思う。だけどそれは、私が押しつけることじゃない。ましてや一時退院をして、家族団欒《だんらん》の時間を過ごした今の私が言うべきではないと思った。

『ふあっ……』

するると、耳元で可愛い声がした。

「え、もしかして、あくびした？」

『うん、した。舞の声ってなんか眠くなる』

「じゃあ、寝ていいよ」

『もったいないから、やだ』

「なんでよ。また電話すればいいじゃん。明日は……私からかけるからさ」

『なにそれ、今ので目が冴えた』

「ええっ！」

声が近くに聞こえるぶん、無性に会いたくなってくる。私たちは結局、病院の消灯時間まで話し続けた。おやすみって言ってからなかなか切れなくて、最後は『せーの』で同時に終わりにした。慎の温もりなんてあるわけないのに、私はその日スマホを抱きしめながら眠った。

第7章　心という名の

「舞ちゃんも慎くんのことが好きなんでしょ？」

一時退院から数日が過ぎた朝。今日もいつもどおりの時間に中村さんが採血をしにきた。右腕を伸ばし、肘関節から五センチほどの部分に針を刺されたタイミングで、そんなことを聞かれた。

「は？　な、なに急に」

「あら、動いたらダメよ」

「な、中村さんが変なことを言うからじゃん」

妙に心臓がドクドクしてるのは、血管を浮き上がらせるために巻かれたゴムバンドのせいだ。慣れた手つきで採血を終わらせた中村さんは、クスリと含み笑いをした。

「だってほら、今も慎くんの話をしてたし」

たしかにしていた。彼は看護師の間でも綺麗な顔をしていると有名らしいから、ふたりで出かけた時も女子が慎のことを見てたって、中村さんに教えていたところだ。

きっと中村さんには、私の気持ちがバレている。なるべく隠そうとしていても、私は出会った頃のように慎に素っ気なくできなくなった。

廊下で会っても嬉しいし、折り紙を貰ったら顔が綻ぶし、彼の話をしているだけで体温が上がる。そんな変化に中村さんが気づかないはずがない。

「……慎には言わないでよね」

私は小さな声で呟いた。慎に気持ちを伝えるつもりはない。もちろんどういう反応をされるか怖いっていうこともあるけれど、彼に余計な気を使わせたくないと思っている。

「言わないわよ。でも慎くんもきっと舞ちゃんのことが好きよ」

「え、えっ？　ま、まさか慎にも同じように聞いたの!?」

「それは聞いてないけど、慎くんってね、誰に対しても優しいけど、舞ちゃんだけにはちょっと違うのよね」

「どんなふうに？」

「いつも舞ちゃんのことを目で追ってるし、舞ちゃんと話しているといつも楽しそうに笑ってる。あと小学生の時に……って、ふふ、これは内緒だったわ」

中村さんが意味深に微笑んだ。濁された部分が気になって聞いてみたけれど、中村さんは教えてくれなかった。

そのあと私は慎の部屋に行った。いつもみたいに遊びにきたのはいいものの、中村さんとのやり取りがいまだに尾を引いている。

「なんか今日の舞、大人しいね」

「そ、そう？　いつもと変わらないけど」

わかりやすく誤魔化した私の前で、慎はさっきから黙々と折り紙を作っていた。

「すごい、それサンタクロースだよね？」

「うん、トナカイもあるよ」

「わっ、本当だ。可愛い！」

どうやら十二月に小児病棟でクリスマス会が開かれるらしい。そこで子供たちの胸に着けるバッジを折り紙で作ってほしいと看護師から頼まれたそうだ。私は普段、小児病棟に行くことはないけれど、そういうイベントってすごく大事だと思う。

「私も手伝っていい？　さすがにサンタとかは無理だけど、本を見ながらやれば星くらいは作れるかもしれないから」

「じゃあ、星を二十個お願い」

「え、そんなに？　あ、でもそっか。小児病棟は十五歳までの子がいるんだから人数も多いよね」

「うん。たくさん作って、たくさん喜んでもらおう」

「そうだね！」

折り紙を作りながら、慎は珍しく昔のことを話してくれた。中学二年生の途中で入院になった彼も、二回ほどクリスマス会に参加したことがあり、とても楽しかった思い出があるそうだ。

「慎は今年のクリスマス会には参加しないの？」

「しないよ。僕はもう一般病棟だしね」

「……じゃあ、やる？　私とふたりで」

気づくと、そんなことを口に出していた。ふたりというワードを強調しすぎてしまった気がして、慌てて言い直そうとしたら……。

「本当？　やる！　やりたい！」

前のめりになった慎が、テーブルに手を付いた。その反動で、折り紙の本が床に落ちる。「あーあ、なにやってんの」と拾おうとした時、テーブルの下にある彼の足が見えた。

ズボンの裾から僅かに窺《うかが》える慎の足がパンパンに浮腫《むく》んでいる。……そういえば、彼の病気を調べた時、浮腫みの症状も書いてあった。

「慎、ちょっと腕も見せて」

「え、わっ、ちょ……」

返事を待たずに、彼の洋服の袖を捲《めく》った。右腕はまるで限界まで膨らませた風船のようになっていて、皮膚も硬くなっていた。

「こ、これ、痛くないの……？」

「痛くないよ。手も動くし、ほら」

慎は手を開いたり閉じたりしてみせた。たしかに折り紙も難なく折っていたけれど、こんなに症状が出ているなんて知らなかった……。

「さっきの話、真に受けていいの？」

「え？」

「クリスマス会、本当に僕とふたりでやってくれる？」

慎は射るような眼差《まなざ》しをしていた。クリスマスは聖なる夜とも言う。そんな日に慎とふたりきり。意識するなというほうが無理だ。

「……いいよ。でも多分プレゼントも用意できないし、ケーキだってないよ」

「いいよ、舞がいれば」

どうして慎はこんなにもドキドキすることばかり言うのだろう。このままじゃクリスマスまでに私の心臓がもたないかもしれない。

「な、なにもないのは寂しいから、クリスマスツリーくらい用意しようよ。たしかうちに卓上型の小さいやつがあったはず。お母さんに持ってきてって連絡……あ、部屋にスマホ置きっぱなしだ！」

恥ずかしさを隠すために、自然と早口になっていた。「ちょっとスマホを取ってくるね」なんて、椅子から腰を上げて、部屋の扉に手をかける。

――バタンッ。廊下に出ようとした時、背後から鈍い音がした。嫌な予感がして、おそるおそる振り返ると、床にうずくまっている慎がいた。

「……慎っ!!」

すぐに駆け寄って、体に触れた。彼は苦しそうに肩で呼吸をしている。これは私と同じ突発性の発作で間違いない。

「ハア……ハア……」

「慎、大丈夫!?　待ってて、今ナースコールを押すから！」

「……ハア……平……気……十分くらい……すれば治まるから……」

「でもっ」

私のことを止めるように、慎から腕を掴《つか》まれている。発作は周りが騒ぎすぎると、逆に不安になって悪化する場合もある。だからこそ、発作に慣れている私が、落ち着かなければいけない。だけど、こんなに苦しそうな慎を十分も見てることなんてできそうになかった。

「慎、誰か呼ぼう。そうしたらすぐ楽になる――」

「……舞、薬を取って。棚の中にある……から」

「棚?」

彼が指さす方向には、引き出しがある。急いで棚を確認すると、そこにはピルケースに入れられた大量の薬があった。……慎は毎日これだけの薬を飲んでるの?

私も薬を飲んでいるけれど、比べるとその量は二倍以上だ。

「ど、どの薬⁉」

数が多すぎて、どれが慎の発作に効くものかわからない。早く、早く、発作を止めてあげなくちゃ。

「ハア……水色の……」

「み、水色？　なんかいっぱいあるよ！」

私がもたついている間にも、彼の息は荒くなっていく。次第に苦しそうな息づかいに混ざって、奇妙な音が聞こえた。

「……ハア……ヒュー……ヒューヒュー……」

笛のような音がした瞬間、背筋が凍った。これは喘鳴《ぜんめい》だ。空気の通り道である気道が狭くなった時にだけ鳴る音。

気道が塞がりかけている。これはヤバい。私は止められていたナースコールをすぐさま押した。

「お願い、誰か来て！　慎が発作でっ……とにかく早く！」

私の呼びかけを聞いて、風間先生と看護師たちが三〇二号室に駆けつけてくれた。

「慎くん、大丈夫だからね！」

先生たちは交互に声をかけながら、慌ただしく慎に酸素マスクを装着した。私はそれを見ていることしかできなくて、邪魔にならない場所で立っているだけだった。

「ハア……ハア……」

「慎くん、聞こえる？　慎くんっ！」

「ハア、ハア……ハア……──」

荒々しかった彼の呼吸が、急に静かになった。落ち着いたというより、なにも聞こえない。……ドクン、ドクン、ドクン。自分の心臓の音だけが激しく鳴っている。

だって慎が、慎が……。

「慎くんの呼吸が止まってる！　急いで集中治療室に運ぶよ！」

「はい！」

風間先生の指示で、彼はそのまま運ばれていった。騒がしい足音が廊下の向こう側へと消えていく。私はそれを追いかけることもできずに、誰もいなくなった部屋でしゃがみ込んだ。

「慎……慎……」

うわごとのように名前を呼んだ。まるで底なし沼にいるみたいに、足に力が入らない。さっき慎は呼吸をしていなかった。あんなに苦しそうにしてたのに、動かなくなった。私がすぐにナースコールを押していれば。慎が言っていた薬を早く見つけることができていれば。後悔ばかりが頭の中を駆け巡る。

慎、お願いだから死なないで。私は他になにもいらないから。なにも望んだりしないから、慎だけはどこにも行かないで。

「舞ちゃん、今日もご飯を残しちゃったのね」

部屋にやってきた中村さんが心配そうな顔をした。――慎の発作から二日。幸いにも彼の心拍はすぐに戻った。けれど、一時的に心臓が止まってしまった影響なのか、まだ意識が戻っていなくて、今も隔離された場所にいる。

「慎の発作がひどくなったのは、私のせいなんだ……」

「発作はいつ起きるか誰にもわからないものだから、舞ちゃんのせいじゃないわ」

そうだとしても、やっぱり考えずにはいられない。今回、慎の心拍が戻ったからよかったものの、もしもあのままだったら……。想像するだけで、怖くてたまらない。

私は一番近くにいたのに、なにもできなかった。ただただ、慎の呼吸が止まっていく様を見ているだけだった。自分は、なんて無力なのだろう。助けたかったのに、助けられなかったことを思うと、悔しさで叫びたくなる。

「慎は……いつ目を覚ますかな。このままなんてことはないよね？」

「慎くんは今日、集中治療室から自分の病室に戻る予定なの」

「本当に？　じゃあ、顔が見れる？」

「ええ。舞ちゃんが昏睡状態だった時、慎くんもずっと舞ちゃんの名前を呼んでた。だから、たくさん声をかけてあげて。舞ちゃんが名前を呼べば、慎くんはすぐに飛び起きるわよ」

「うん」

それから午後になり、慎の移動に合わせて私も部屋を出た。

彼の病室を目指している途中、ひとりの女性が前から歩いてきた。自分のことを見られるのが得意じゃないから、基本的には人のことも見ないようにしている。だけど、あまりに綺麗な人で目を留めてしまった。その女性は誰かのお見舞いなのか、手に紙袋を持っている。

……あれ？　すれ違いざまに、私は足を止めた。勘違いかもしれない。でも、なんとなく顔の雰囲気が慎に似てる気がした。

「あ、あの！」

思わず声をかけると、女性はゆっくりと振り向いた。やっぱり、正面から見てもすごく似ている。

「もしかして慎の……宇佐見慎くんのお母さんですか？」

「そう、ですけど……あなたは？」

「岩瀬舞っていいます。私もここに入院していて、慎くんとは友達というか、仲良くしています」

「あら、そうなのね。慎と仲良くしてくれてありがとう」

「い、いえいえ、そんな！」

慎のお母さんは帰るつもりなのか、その足はエレベーターのほうに向いている。

彼の発作を知らないわけがないし、まだ目が覚めてないこともわかっているはず。

ひょっとして、慎がこれから病室に戻れることを知らないのだろうか。

「あの、少しだけお時間ありますか？」

断られる覚悟もしていたけれど、彼のお母さんは快く頷いてくれて、私たちは同じ階にある休憩室に向かった。

「あなたもなにか飲む？」

「じ、自分で買います！」

「私も喉が渇いていたからいいのよ」

私が連れてきたにも拘らず、慎のお母さんは自販機で温かいお茶を買ってくれた。

「ありがとうございます」

「いいえ」

彼のお母さんはテーブルを挟んで、私の前に座った。慎のお母さんが美人だということは中村さんから聞いていたけれど、本当に見惚《みと》れるほど整った顔をしていた。

「それで、私になにか話があるのかしら？」

「あ、はい。えっと、もうすぐ慎が病室に戻ってくるのを知っていますか？　聞いた予定ではあと三十分くらいなんですけど」

「もちろん知っているわ。だからあの子の着替えを看護師さんに渡してきたところなの」

「慎に……会わないんですか？」

「会っても私にはなにもできないし、先生方に任せておいたほうが安心でしょう？」

慎のお母さんはそう言って、ホットコーヒーを口に付けた。口調はとても穏やかなのに、なぜかひんやりとした冷たさを感じる。

「慎は発作ですごくすごく大変だったんです。呼吸も止まったくらい危険な状態になって……」

「そうね。でも今は安定しているって聞いたから」

「安定していても、意識は戻ってないです。慎のこと、心配じゃないんですか……？」

「心配だからこそ、風間先生たちを信頼してあの子のことを預けているのよ」

この違和感はなんだろう。胸の奥が、ざわざわする。色々な事情があることはわかっているし、他人の私が口を出す話じゃないことも理解している。だけど、こんな時だからこそ、私は慎に会ってほしいと思う。それに慎だって、慎だって……。

「慎はお母さんに会いたいと思います」

言いながら、膝の上にある手に力を込めた。私たちはこの病院で同じ毎日を送っているように見えるかもしれないけれど、それに慣れていくことはない。

寂しい、痛い、苦しい、全部を投げ出してしまいたい。

そんな気持ちをひとりで乗り越えていくことなんてできなくて、いつも明るい慎だってつらくて眠れない夜もあるはずだ。

「慎は私の前でも弱音を吐いてくれないですけど、お母さんの前だったら言えるんじゃないかなって思うんです」

私もお父さんや和樹には言えなくても、お母さんとならぶつかり合える。すると、ずっと黙っていた慎のお母さんが静かに話しはじめた。

「……私ね、結婚したのが遅くて、なかなか子供を授からなかったの。お医者さんからも赤ちゃんを産むのは難しいって言われていたけど、どうしても諦めることができなくて、不妊治療の末にようやくできた子が慎だったのよ」

「…………」

「夢みたいで神様からの贈り物だと思った。でもね、生まれてすぐあの子の心臓に欠陥があることがわかったの。慎にはなに不自由なく育ってほしいと思っていたのに、私がずっとあの子を苦しめている」

彼のお母さんが子供の病気を親の責任だと思っていることは知っている。だからこそ、慎も無理に会うことは望まない。自分のためではなく、お母さんのために。

「……私は慎と会うのがとても怖いの。きっとあの子は私のことを恨んでいるはずだから」

私は彼の全てを知っているわけじゃない。でも慎は人と違うことを光だと言ってくれた。あの時は気づけなかったけれど、あれは自分に向けた言葉でもあったのではないかと思う。

「前に慎は、会わないほうが守れることもあるって言ってました。きっとそれはお母さんの心のことです。だから、慎がお母さんを恨んでいるなんて絶対にありません」

これだけは声を大にして言える。慎は人を恨んだり、人のせいにする人じゃない。

「私もこの前ようやく、病気はお母さんのせいじゃないって言うことができたんです。きっと慎もそう言いたいはず」

でもそれは会わないと、どうすることもできない。許したり、許されたりするのではなく、今日なにを食べたとか、こんなことがあったとか、そういう日常のことを話すだけでもいい。そうしているうちに、埋まらないと決めつけていた溝も少しずつ消えていくかもしれないから。

すると、慎のお母さんの目から涙が溢れた。もしかしたらお母さんも会わないことで、慎の心を守ろうとしていたのかもしれない。

「あの子に……慎に会ってもいいのかしら……?」

「もちろんです。慎のことを一緒に叩《たた》き起こしに行きましょう! いっぱい名前を呼んで話しかければ、きっと慎だって寝てられないですよ」

椅子から腰を上げた私は、そのままお母さんの手を引っ張った。

難しいことはよくわからない。でも私は慎が大切だから生まれてきてくれてよかったと思っているし、私に会ってくれてありがとうという気持ちしかないんだ。

お母さんと病室に向かうと、彼は集中治療室から戻ってきていた。ベッドに近づいたお母さんは、泣きながら眠っている慎の手を握った。叩き起こす、なんて啖呵《たんか》を切ったけれど、今はきっとお母さんの声のほうが慎に届くだろう。私は音を立てないように、そっと病室の扉を閉めた。

*

次の日の朝。カーテンの隙間から差し込む光で目が覚めた。もう季節は冬だというのに、今日はやけに暖かい。

瞼《まぶた》を擦《こす》ってベッドから体を起こすと、指先になにかが当たった。枕元に置いてあったのは、見覚えのないカエルの折り紙だ。……なんだろう、これ。

考えること数秒、頭にひとつの可能性が浮かび上がってきた。

「……っ！」

私は折り紙を持って、部屋から飛び出した。誰もいない廊下で、自分の足音だけがうるさく響いている。まだ出歩いてはいけない時間なのに、足が止まらない。自分の鼓動の速さと同じように、一秒でも早く彼がいる場所に行きたかった。

「……ハア……ハア」

呼吸を落ち着かせる暇もなく、私は三〇二号室の扉に手をかける。

ドクン、ドクン、ドクン……。

「──舞」

眩しい日差しの中、上半身を起こした状態でベッドに座っている慎がいた。

「……慎っ！」

私は思わず彼に抱きついた。約三日間眠り続けていた慎は痩せてしまったけれど、この優しい体温だけは変わっていない。

「本当に慎だよね？　夢じゃない？」

「もしかして泣いてる？」

「泣くよ！　私がどれだけっ」

「うん、わかってる。僕も舞が倒れた時は同じ気持ちだったから」

彼がそっと手を握ってくれた。その大きさも温もりも、間違いなく慎のものだ。私はちゃんと顔が見たくて、瞳に溜まった涙を手で拭った。

「よかった、本当によかった……」

この三日間、生きた心地がしなかった。生きることも、死ぬことも最初から決められた運命だからと、割りきっていたこともあったのに、私はこの数日その運命に慎を連れていかせてたまるかって、思い続けていた。こんなにも運命に抗いたいと思った時間はなかった。

「心配かけて、ごめんね」

「ううん、もういいよ」

目を見て、話ができて、触れられる。これ以上のことなんて、なにも望まない。

「丁度夜中の二時くらいに目が覚めたんだ。それでナースコールを押したら風間先生が夜勤でいるっていうから、そのまま診てもらったんだよ」

「診察結果は大丈夫だった？」

「うん。それで舞の顔が見たくなったから、こっそり部屋に行ったってわけ」

「だったら声をかけてくれればよかったのに」

「だって、いびきかいて寝てたし」

「嘘だ！」

「はは、うん、嘘」

慎がいたずらっぽく笑った。私はこの笑顔を見ると、心から安心する。ずっと不安でたまらなかったけれど、今は不安だった気持ちが全部どこかへ飛んでしまった。

「この折り紙も慎でしょ？　なんでカエルなの？」

「帰ってきたよって意味」

「え、ただのギャグじゃん」

「ギャグだよ」

「もう……」

こっちがどんな気持ちでいたか知らないで、慎はいつもと同じでマイペースだ。でもこれでいいのだと思う。普段どおりの彼でいてくれたほうが、私も元気になれるから。

まだ色々と話し足りないのに、気づけば問診の時間が近づいていた。そろそろ各部屋に看護師たちがやってくる。私も出歩いたことがバレないように、病室に戻らなければいけない。

「じゃあ、そろそろ行くね。きっと中村さんが慎のことを一番に報告してくるだろうから、知らなかったふりをしてリアクションしなくちゃ」

「舞がリアクション？　なんか面白そう」

「朝食が済んだら、また私が慎の部屋に来るから」

「舞」

部屋から出ようとしたら、慎に呼び止められた。

「あの約束、忘れないでね」

あの約束とは、きっとクリスマスのことだ。一緒にやろうと言ったあとに、あんなことが起こってしまったら、正直中止にしたほうがいいんじゃないかと思っていた。でも、言わなくてよかった。やめにしようなんて言えば、慎が責任を感じてしまう。

「うん、忘れてないよ。楽しみにしてるね」

ふたりきりで過ごす、はじめてのクリスマス。私の胸はすでに十二月に向けて高鳴っていた。

第8章　君という名の

「慎の体調はどうなの？　今日から出歩いてもいいってことはもう平気なんだよね？」

風間先生がいる診察室で、私は慎のことばかりを矢継ぎ早に聞いていた。

彼の発作からすでに二週間。私が病室に行くことはできても、慎は絶対安静の日々が続いていた。

「うん。血圧も安定してきたし、今のところは大丈夫だよ」

……今のところ。先生が何気なく言った言葉が胸に引っ掛かる。あの発作が起きたことで、慎の環境は少しだけ変わった。問診の数も彼だけが多くなったし、検査室に呼ばれることも増えた。慎自身はとても元気そうに見えても、またなにか命に関わることが起きてしまうんじゃないかと不安が消えない。

「慎くんの体のことも大切だけど、今日は舞ちゃんの話もしようか」

カルテになにかを書き込んでいた先生は、椅子ごと体の向きを変えた。先生が改まった口調を使う時は、大体悪いことを言ってくる。

「最近、舞ちゃんの貧血がひどいって中村さんから聞いてるよ」

「貧血っていっても立ち眩《くら》み程度だよ。元々生理不順だし、薬を飲んでいるとなりやすいんでしょ」

「たしかに薬の影響もあるけど、貧血が起きるのは舞ちゃんの体の血流が悪くなってるからなんだ。心臓に血液を送るポンプ機能も弱くなってる」

「……どうすればいいの？」

「あれから移植について家族とは話したかい？」

「うん」

レシピエントとして私の名前を登録していても、そこに自分の意志はなかった。だから、ちゃんとお父さんとお母さんの気持ちを聞いた。ふたりが心臓移植を望んでいることに変わりはないけれど、私の気持ちも優先したいと言ってくれた。

「じゃあ、舞ちゃんは今、移植についてどう思ってる？」

「私は大切な人を悲しませたくない」

移植に前向きになったわけではないし、誰かの命を貰って自分が生かされるという重みも、しっかりある。でも家族や慎の哀しむ顔は見たくない。これが嘘偽りない、今の私の気持ちだ。

「それじゃ、移植の話がきたら受けるってことでいいんだね？」

「……ドナーが見つかったら、移植はすると思う」

まだ覚悟なんて決まってないけれど、わからないという答えのままではいられない。

「移植はする。するけどさ……」

「けど？」

「……ううん、なんでもない」

喉元まで上がっていた言葉を飲み込んだ。

私はなにを言おうとした？　きっと子供みたいなことを言おうとした。

私だけ移植ができても意味がないって。私だけ元気になっても意味がないって。慎も一緒じゃなきゃ……。慎と一緒に移植したいって、そんなことを言ってしまいそうになったんだ。

診察が終わったあと、私はそのまま慎の病室に向かった。ドナーが簡単に見つからないことはわかっている。でも、私より病状が進んでいる慎のドナーだけは、一刻も早く見つかってほしい。

――ガラッ。三〇二号室が見えてきたところで、扉が開いた。中から出てきたのは慎のお母さんだ。目が合って会釈をすると、お母さんはにこりと笑い返してくれた。

あれから彼のお母さんは、頻繁に慎の病室に来てくれるようになった。なにを話しているかはわからないけれど、きっと今までの空白を埋めるように、穏やかな時間を過ごしているはずだ。

「あれ、舞だ」

お母さんと入れ違うように慎が廊下に出てきた。出歩きの許可が出ているのに、つい癖で『安静にしてなきゃダメじゃん』なんて言いそうになった。

「これからどこかに行くの？」

「そろそろ診察が終わる頃だと思って、舞の部屋に行こうとしてたんだ」

「もう、私が行くからいいって」

「だって歩かないと足が鈍るでしょ」

あんなに浮腫んでいた彼の足も今はすっかり元どおりになっている。一時的な症状を気にしていたらキリがない。でも私は慎の体に些細《ささい》な変化がないか注意深く見るようになってしまった。

「ねえ、舞、屋上に行こうよ。久しぶりに外の空気が吸いたい」

彼に手を引かれて、私たちは屋上にやってきた。お互いに厚着をしているとはいえ、冬の屋上はやっぱり冷える。

「あー、気持ちいい！」

慎は寒さなんて関係なく、両手を突き上げて伸びをしてた。彼のカーディガンのボタンが開いているのが気になって勝手に留めようとしたら笑われた。

「やっぱり舞はお姉ちゃんだね」

「なにそれ。私は慎のこと弟なんて思ったことないよ」

「もちろん僕だって舞をお姉ちゃんとは思わないけど、世話焼きな一面もあるんだなって」

「だって風邪でもひいて、また出歩けなくなったら嫌じゃん」

「誰が？」

「もう、半分は自分で留めて」

私は誤魔化すように、カーディガンから手を離した。その姿を見て、慎がまた嬉しそうに目を細めている。

私も外の空気を吸ったのは、二週間ぶりだ。慎が病室から出られない間、私も屋上には来なかった。彼に悪いと思っていたわけじゃない。単純に慎と見る景色を知ってしまったから、ひとりでここに来る気にはなれなかったのだ。きっと、屋上だけじゃない。私はなにを見ても、なにを感じても、隣に慎がいたらと思うようになってしまったのだろう。

「……こんなはずじゃなかったのにな」

「え？」

「ううん、こっちの話」

私はどこかで人と一線を引いていた。小学校の時も中学校の時も高校の時だって、ちゃんとその線を守っていた。だから誰かと繋がってもその関係性は淡白で、自分から追いかけたり、すがったり、待ったりすることもなかった。

でも、もしも今、慎がいなくなったら、私は世界の裏側へだって捜しにいく。会えないだけで不安になって、話せないだけで寂しくなって、慎のことを考えるだけで泣きそうになる。

こんな自分じゃなかった。こんな自分になるはずじゃなかったのに、きっともう、前の私には戻れない気がした。

「舞、母さんのことありがとう」

冷たい空気に溶けるように、慎が柔らかく言った。私は彼のお母さんと話したことを伝えてないし、お母さんが言っていたとしても内容までは教えていないはずだ。

「なんのこと？」

「僕の代わりに色々言ってくれたんでしょ？」

「なんで色々言ったなんてわかるの？」

「わかるよ。舞って顔に出やすいもん」

「私は自分が言いたいことを言っただけだよ」

お節介だったかもしれないけれど、少しでも慎の役に立てたなら私も嬉しく思う。

また二回目のお礼を言ってきた彼の耳が、ほんのり寒さで赤くなっている。季節が変わっても、私たちの関係は変わらない。なのに、こんな時に思い出してしまう。

――『慎くんの呼吸が止まってる！　急いで集中治療室に運ぶよ！』

あの日の光景が今でも脳裏に焼きついている。これがトラウマというものなのだろうか。慎が死んでしまうかもしれないと思った恐怖が今も続いている。

「舞、ごめんね」

「え、な、なにが？」

「本当はあんな姿、舞には見せたくなかったんだよ」

まるで私の心を読んだみたいに、慎からそんなことを言われた。

「ああいう発作は頻繁に起こるんだ。でもいつもすぐに治まるから、僕はナースコールを押さないように止めた」

「……………」

「だけどそのせいで、舞はずっと責任を感じてるでしょ？ そう思わせたくないから、舞の前で発作が起きないように気をつけてたんだけど、あの時はダメだった」

慎があまりに悲しそうな顔をするから、私は強く唇を噛んだ。

彼の病気は、私が考えているよりずっとずっと重いのかもしれない。数えきれないほどの薬も、痛々しい点滴の痕も、移植のことだってどう思っているのか、言葉にはしてくれない。でも私は聞きたいと思う。知りたいと思う。慎のことなら、小さなことでも力になりたい。

「慎、これからは弱いところも私に見せてほしい」

自分から、彼の手を強く握った。

「私もちゃんと見せるから、全部を隠そうとしなくていいよ。もしもまた発作が起きたとしても、私が絶対に慎のことを助けるから」

〝絶対〟なんて、前の私なら使わなかった。でも今はいくらでも使う。私が慎の言葉に救われてきたみたいに、私も慎にとってそういう存在になりたい。

「それなら僕も舞が苦しい時は絶対に助ける。だから一緒に頑張ろうね」

想いを返すように、慎が手を握り返してくれた。私の冷たい指先と違って、彼の手は今日も温かかった。

＊

そして楽しみにしていたクリスマス当日。今日も診察は通常どおりにあって、私は風間先生に心臓を診てもらっていた。

「風間先生も小児病棟のクリスマス会に参加するの？」

「しないよ。僕は仕事があるからね」

「中村さんが先生はサンタ役をやるって言ってたよ」

「え！　中村さん、喋っちゃったの？」

「うん。でも平気だよ。小児病棟に知り合いはいないし、いても夢を壊すことはしないから」

中村さんから一般病棟の患者もクリスマス会に参加してもいいと誘われたけれど、平静を装って断った。

慎とのクリスマス会は彼の診察が終わる三時くらいからやる予定になっている。今日は病室に誰も来ないはずだけど、いきなりお母さんや和樹が来る可能性もあると思って、私が彼の部屋に行く約束だ。

「風間先生はクリスマスの思い出ってある？」

「二十年前、奥さんにプロポーズしたことかな」

「え、クリスマスにしたの？」

「そうだよ。正直自信はなかったんだけど、クリスマスってほら、奇跡が起きるってよく言うから勇気を出して結婚してくださいって指輪を渡したんだ」

「跪《ひざまず》いて？」

「もちろん。王子様みたいでしょ」

「うーん。私から見れば先生は王子じゃなくておじさんだけど」

「はは、たしかにそうだね」

プロポーズに成功したのが、クリスマスのおかげだったのかはわからない。でもどうしてクリスマスに奇跡が起きるとみんなは言うのだろう。奇跡という言葉自体を斜めに見ている私は、やっぱり捻くれ者なんだと思う。

それから予定していた時間になり、慎の病室に向かった。扉をノックしても返事がない。心配になって少しだけ扉を開けてみると、彼はまだ部屋にいなかった。

丁度廊下を通りかかった看護師に慎のことを聞いたら、診察が長引いていると教えてくれた。……こんなに時間がかかるってことは、なにかあったのだろうか？

いても立ってもいられない気持ちになって、自分と慎の部屋を行ったり来たりしながら、彼からの連絡をひたすら待ち続けた。

『舞、遅れてごめん！』

ようやくメッセージが届いたのは、夕食を済ませた直後だった。

『平気だよ。大丈夫？』

『うん、大丈夫。クリスマスはどうする？　舞さえよければ消灯時間が過ぎてからでも僕はいいけど』

『私もそれでいいよ！』

『じゃあ、僕が舞の部屋に行く』

『ううん、私が行く。元々その予定だったし』

『わかった。待ってるね』

時計の針が九時を回る頃、病院内のほとんどの電気が消えた。私は間接照明だけを付けて、ベッドの下に置いておいた紙袋を手に取った。その中には、お母さんに頼んで持ってきてもらった卓上型のクリスマスツリーが入っている。小さい時に駄々をこねて買ってもらったツリーが、今になって役に立つとは思わなかった。

私は静かにベッドから出て、扉を開けた。廊下は息をするのも躊躇うほどに静まり返っている。女子が怖がりそうなものは大体平気だし、心霊動画も余裕で観れてしまうけれど、夜の病院はレベルが違う。怖いことに強い私でさえ、足がすくんでしまうほど不気味だった。……こんなことなら、慎に来てもらえばよかったかもしれない。断ってしまったことを後悔しつつ、非常灯の明かりだけを頼りに、慎の部屋を目指した。やっとの思いで三〇二号室に着き、私はノックをしないで中に入った。無事に到着できたことに胸を撫で下ろしていると……。

「舞」

「ひぃっ……んんっ」

暗闇の中で、突然肩を叩かれた。思わず叫びそうになったけれど、それを止めるように口を塞がれた。

「しー！　大声を出したら気づかれるよ」

「し、慎、驚かせないでよ」

「ずいぶん来るのが遅かったね」

「なんか出そうで怖かったんだよ」

「はは、可愛い」

慎が間接照明を付けようとしたので「明かりならあるから」と、それを止めた。大切に抱えてきた袋からクリスマスツリーを出して、ベッドボートの上に置いた。土台の裏側にある電源を入れると、ツリーが電飾によって七色に光った。

「じゃあ、僕も」

彼がおもむろに用意したのは、サンタとトナカイの折り紙だ。小児病棟の子たちに作ってあげていたものより一回り小さい折り紙で折られていて、紐つきのそれをツリーに飾ると、立派なオーナメントになった。

「本当に器用だよね。お店開けると思う」

「なんの店？　折り紙屋さん？」

「あ、いいかも。聞いたことないし、普通に売れそう！　一個いくらぐらいがいいかな。五百円じゃ安い？」

「クリスマスなのに、ムードがないな」

「大事でしょ、お金は」

ムードがなくても、部屋はクリスマスカラーに染まっている。赤から黄色、青へと変化して最後に全色が光るツリーが、ちゃんと雰囲気づくりをしてくれていた。

「見回りが来るかもしれないから、ベッドに入って」

「え、べ、ベッド⁉」

「もし誰かが来ても、舞が布団の中に潜れば大丈夫でしょ」

「いや、そうかもしれないけどさ……」

「あ、なんか足音が聞こえる」

「えっ」

「早くしないとヤバイかも」

私は急かされながら、慎と同じベッドに入った。息を潜めること数秒。廊下が静かなことに気づいて、彼のことを横目で見た。

「もしかして騙《だま》した？」

「もしかして騙された？」

「……もう！」

「痛い、痛い」

肩を叩いても慎は嬉しそうに笑っている。ベッドの中は温かいけれど、当然彼との距離は近い。肩や足が当たるたびに、自分の心臓が変な動きをしている。

……むしろこの状況で見つかったほうがヤバくない？

色々と想定外のことが起きているけれど、動揺していることを悟られないように心を落ち着かせた。

「舞は今までどんなクリスマスプレゼントを貰ったことがある？」

「うーん、小さい頃はお菓子とかおままごとセットとかかな」

「じゃあ、枕元に靴下を置いて手紙を入れたりしてたんだ？」

「昔はね。慎もサンタさんに手紙を書いたことある？」

「あるよ。一番お気に入りの靴下を選んでその中に入れてた」

「えー可愛い。なにがほしいって書いたの？」

慎の昔の話を聞けることが嬉しい。幼少期の彼に会うことはできなくても、頭の中で想像することはできるから。

「実は僕、サンタクロースってなんでも願いを叶えてくれる人だと思ってたんだ。だからほしいものじゃなくて、『薬が苦くなくなりますように』とか『母さんが笑ってくれますように』とか、そんなことばっかり書いてた」

幼い頃の彼は、その手紙をどんな気持ちで書いていたのだろう。考えるだけで、胸が詰まる思いがした。

「願いごとでもいいと思う。だってそれが叶ったらプレゼントと同じだもん」

そう思うと、私は慎からたくさんのプレゼントをすでに貰っている。

「じゃあ、今日靴下に手紙を入れるとして、舞はなんて書く？」

「私は……」

慎の病気を治してほしい。一番に浮かんだことを言葉にしてしまったら、込み上げてくるものを抑えられないと思った。

「い、いっぱいありすぎて迷うな。慎はなんて書く？」

私は誤魔化すように、質問を彼に返した。

「僕もたくさんありすぎるけど、舞が大人になれますようにって書くかな」

「え？」

「高校を無事に卒業して、社会人か大学生か、それ以外の進路でも、舞が今より大人になってる三年後の姿が見てみたい」

三年後、それは私が迎えることができないと言われている二十歳の自分。

どうしてクリスマスに奇跡を口にしたくなるのか、わかった。クリスマスは大切な人と過ごす日だから、奇跡が起きる日なんじゃなくて、奇跡が起きてほしいと願う日なのだと思う。

もしも、願っていいのなら、私も慎が大人になった姿が見たい。

お互い二十歳になって、十七歳の自分たちのことを昔話のように語りたい。

だけど、奇跡は簡単に起きないから奇跡と呼ぶのだと思う。それを私以上に、慎も痛いほどわかっている。

「……今日の診察、長かったよね。先生からなにか言われた？」

「僕じゃなくて、前の人の時間が押しただけ。診察はいつもどおりだったよ」

「……そっか」

　私は納得したふりをして、それ以上のことは聞かなかった。時間が押したのは本当かもしれない。でも慎の顔を見ればよくないことがあったんだって、なんとなくわかる。少しずつ痩せていく彼の体も、ゴミ箱に捨てられている空の薬シートも、また浮腫んでいる右腕も、気づきたくないのに、気づいてしまう。慎の体はこんなにも温かいのに、体の中はきっとそうじゃない。

　どうすれば、慎の病状を止めることができるの？

　どうすれば、慎の病気を消すことができるの？

　私に、なにができるの？

　なにをすれば、慎と大人になれる？

「僕は舞にいっぱい願いを叶えてもらった。今日の僕にとってのプレゼントは舞だ」

「……慎」

「だから次は僕に舞の願いを叶えさせて」

「え？」

「約束の海に行こう」

——ねえ、慎。

私の本当の願いはね、慎といつまでも一緒にいることだよ。

それが叶うならドナーも、新しい心臓もいらない。

でも私は神様を信じない主義だから、この願いをどこに向かって言えばいいの？

＊

海に行こうと約束してから、何度も風間先生に外出を頼んだ。だけど、どうしても慎の外出許可が下りない。ここから一番近い海は電車で二時間。往復すると四時間かかる。なんとかして許可を取る方法はないかと模索している中、病院に臓器移植のニュースが飛び込んできた。

移植を受けたのは、他県の病院に入院している八歳の男の子。私たちと同じ心臓を移植したそうで、朝からずっと大きくニュースで取り上げられていた。

……まるで、お祭りごとみたい。休憩室のテレビにかじりついている患者を横目に、私は今日も診察室に入った。

「じゃあ、いつもみたいに大きく息を吸って」

胸に冷たい聴診器が当てられる。先生も移植のニュースは見ているだろうし、もしかしたら医者同士の繋がりもあるかもしれない。

「慎に移植の話はきてないの？」

「きてたら僕はここにいないよ。移植は時間との勝負だから」

臓器移植が大々的に報道されていることで、各番組でも次々と特集が組まれていた。

移植の時間、移植の費用、移植希望者の待機年数。肺は約二年、心臓は約三年半、肝臓は約一年、膵臓《すいぞう》は三年、小腸は約八か月、待機者が多い腎臓はなんと約十四年も待たなければいけないらしい。

ほとんどの人が興味本位で聞いている情報は、私たちにとっては他人事《ひとごと》ではない。

八歳の子の命が救われた。つまりその子には適合するドナーが見つかったということになる。ひとりが助かった裏側で、数えきれないほどの患者がいて、その中には私と慎も入っている。

「移植ってさ、病状が重い順から優先されるんだよね？」

「うん、そうだよ」

「慎はちゃんと優先されるよね？　テレビで移植の順番抜かしの例もあるって言ってたから心配で……」

「舞ちゃんは自分のことより慎くんのほうが心配？」

「当たり前だよ。同じ心臓病でも競う必要なんてないし」

海外では心臓移植希望者の多くが補助人工心臓を付けているそうで、一日の管理料は百万円から二百万円。一か月で計算すると六千万円になる。そんな費用を私たちが払えるはずがないからこそ、爆弾を抱えた心臓のまま、この場所で移植できる時を待ち続けなければならない。

「お願いだから早く慎のドナーを見つけてあげて。慎の体は……かなり悪くなってるんでしょ?」

いくら外出許可をお願いしても許してもらえないのが、なによりの証拠だ。慎が移植さえできれば、海の約束はずっと先でも構わない。

「心臓の具合が悪くなってるのは、舞ちゃんも同じだよ」

「でも私には三年の猶予がある。それよりも早く心臓がダメになる可能性もあるけど、慎にはもう時間がない」

ニュースは希望と同時に、残酷なことも教えてくれる。現在の待機人数とともに、手術できずに死んでしまう人がどれだけいるかも報道していた。

「慎のドナーを見つけるためにはどうしたらいいの? クラウドファンディングとかをすれば、臓器提供率が高いアメリカとかでやることもできる?」

「舞ちゃん、それは……」

「私も色々と調べるから、やれることはしようよ。だって、ああして手術できてる患者がいるんだから、慎だって明日、ううん、今日ドナーが見つかっても不思議じゃないでしょ？」

「ドナーが見つかっても慎くんは……」

風間先生がなにかを言いかけて、途中で止めた。いつも冷静な先生が少し焦った顔をしている。おそらく、話の流れで口を滑らせたのだろう。

「なに？　慎がどうしたの？」

「い、いや……」

「慎はドナーが見つかれば移植できるんでしょ？」

「…………」

なんでなにも言わないの？

だって慎は移植をするために長い間、苦しいことを我慢してきた。

弱いことも言わず、つらい顔も見せずに頑張っているのに、なんで必ず移植をするって言ってくれないの？

「……他の患者さんについてはこれ以上話すことができないんだ、ごめんね」

「自分で言いかけといて、今さらそんなのなしだよ」

「本当にごめん」

「教えて」

「いくらお願いされても慎くんのことは話せな——」

「いいから言ってっ‼」

声を荒らげながら、勢いよく腰を上げた。ガタッと椅子が引っくり返っても、私は先生から目を逸らさない。悪い予感がする。胸の奥を掻き乱されているみたいに気持ち悪い。

「……教えて、お願いします」

震える声で懇願すると、根負けしたように先生は深いため息をついた。

「今のは僕が悪かった。患者さんの病状については守秘義務があるから本当は教えられないけど、今回だけは舞ちゃんに伝える」

「うん」

「慎くんの移植は正直難しい。心臓に繋がる血管が細くなりすぎているから、移植の話がきても慎くんは受けられない。いや、慎くんの体はもう移植には耐えられないと思う」

……ドクンッと、自分の心臓が悲しい音を立てた。

おそらく、慎と先生はクリスマスの日にその話をしていた。だからあの日、診察時間が大幅に長引いたのだと思う。

移植ができないなら、慎はどうなるの？

自分から先生に詰め寄ったくせに、頭が真っ白でなにも考えられなかった。どうやって診察室を出たのか覚えていないほど、体にも力が入らない。ふらふらと彷徨《さまよ》いながら、気づくと私は屋上に来ていた。どうしてここに足が向いてしまうのか、そんなのは簡単だ。

「やっぱり来ると思った」

手すりの前にいる慎が振り向く。私も彼がいると思ったから、ここに来た。どんなに苦しくても、私は慎という重力に強く引っ張られてしまうのだ。

「またおそろいだ」

彼が笑っていると思ったら、また同じ色のパーカーを着ていた。私はゆっくりと慎の傍へと歩み寄る。ビルとビルの間から電車が通り過ぎても、彼はずっと私の顔を見ていた。

「なにかあった？」

「……………」

慎は簡単に私の心を見透かしてしまうのに、やっぱり私は同じようにはできない。

海に行くために、何度も彼の外出許可を頼んだ。海に行けたら、あれしようこれしようって浮かれ気分で、彼の部屋に遊びにいった。その裏側で慎は残酷な運命を課せられていたというのに、私だけが知らずにいた。

「……慎は私になにも言ってくれないんだね」

お互い弱いところを見せようと約束したのに、私はこうして彼がいない場所で探っている。本当はあんなことをしたくなかったのに、そうさせているのは本心を見せてくれない慎のせいだ。

「風間先生からなにか聞いたの？」

「……聞いたよ。全部」

「もしかして移植のこと？　なんでそれを知って舞が落ち込むの？」

「は、なにそれ。私には関係ないって意味？」

「関係ないとかじゃなくて……」

「私だって……私だって、こんな気持ちになりたくてなってるんじゃない！」

感情を抑えきれず、慎に怒ってしまった。彼と出会う前の私は、ちゃんと心のコントロールもできていた。自分のことが大切じゃないから、自分以外の人も大切じゃなかった。でも、慎が私のことを大切にしてくれた。だから、私も自分が大切になって、周りの人のことも大切だと思えるようになった。

「なにに対しても無関心だった私を変えたのは慎だよ」

「それでも舞が落ち込む必要はない」

「わかった。もういい」

これ以上、話していたら私は慎を責めてしまう。踵《きびす》を返して屋上を出ようとしたら、彼に手を掴まれた。

「なに、離してよ」

「まだ来たばっかりでしょ」

「なんでそうやって冷静でいられるの？　移植ができなかったら慎は死んじゃうかもしれないんだよ？」

「うん」

「うんって……返事だけしないでよ。勝手に私の心に入ってきたくせに、そうやってひとりで納得するなんてズルい」

「舞、落ち着いて」

「……っ、落ち着けるわけないじゃん！　私だけが熱くなってバカみたい。早く手を離してよ。私はもう慎とは話したくない――」

次の瞬間、強い力で手を引っ張られた。なにが起きたのかわからない。でも目の前には慎の顔があって、気づけば私たちの唇が重なり合っていた。時間にすると、たったの二秒くらい。それでも世界が反転してしまったみたいに、私はなにも考えられなくなった。

「慎、今、なに……したの？」

一瞬のことすぎて、夢か現実かわからなくなっていた。

「舞が帰ろうとするから」

「だからキスしたの？」

「違う。したくなったから、したんだよ」

慎の顔が赤くなっている。おそらく、私も耳まで真っ赤になっているだろう。なんでしたのか。勢いだったのか、そうじゃないのかを尋ねる余裕はない。

「つ、次は有料だから！」

屋上を出ようとしていた足は、再び手すりの前に戻った。「お金は大事だもんね」と笑う慎も私の隣に並ぶ。さっきまで怒っていたのに、もうそんなことはどうでもよくなった。もしもこれを計算でやっているとしたら、彼は相当な策士だ。

「色々と取り乱してごめん」

「ううん、僕も言葉足らずでごめんね。移植のことを舞に言わなかったのは、内緒にしたかったからじゃないよ」

「うん」

「たしかに移植はできないかもしれないって言われたけど、僕は諦めたわけじゃない。だから舞も落ち込んだりしないでって、言いたかったんだ」

慎の瞳には、強さが溢れている。なんで私は勝手に終わりを決めつけていたんだろう。希望から手を離して、諦めようとしていたのは私のほうだ。

「それに僕は運命とも闘いたいんだよ」

「え？」

「運命は生まれた時から決まってる、なんて言うけど、僕はちゃんと勝負して自分で決めたい。ウサギとカメの話の続きみたいに、これは自分との闘いでもあるんだ」

屋上に突風が吹く。それは私たちの背中を押してくれるような強い風だ。運命を変えるんじゃなくて、自分が変わっていくことで運命も一緒に変化する。運命と自分は表裏一体。私が探していた答えを、慎が見つけてくれた気がした。

「ねえ、慎」

立ち止まっている時間はない。少しずつ、一歩ずつ、自分たちで選んでいく。

「私、いいこと思いついた」

背伸びをして、慎に秘め事を耳打ちした。彼は驚いていたけれど、そのあとすぐに笑って頷いてくれた。

第9章　約束という名の

私は夜明け前に目が覚めた。病室のカーテンを少しだけ開けると、外はまだ薄暗くて、空にはうっすらと月も透けて見える。ベッドの下に隠しておいたリュックを手に取って、念入りに中身を確認した。

「薬は入れたでしょ。水も持ったでしょ。ハンカチとティッシュも入れたし、あ、タオルも一応用意していこうかな」

なるべく軽めにしようと思っていたのに、あれこれと詰めすぎた結果、リュックはかなりの重さになっていた。

スウェットを脱いで、用意しておいた洋服に腕を通す。そのままボールペンを走らせ、テーブルの上に置き手紙を残した。

【一日だけ自由な時間をください。必ず戻ってくるから心配しないで。勝手にごめんなさい】

――『慎、病院を抜け出して海に行こう』

あの日、私は彼にそう伝えた。こんな形で外出するのはいけないことだし、大騒ぎになることも覚悟している。でも、ふたりで外に出るためには、もう強行突破しか方法がなかった。

私は足音を立てずに部屋を出た。薄暗い廊下も、静かな病院も、今は怖くない。

「舞、おはよう」

ロビーに着くと、私と同じように置き手紙を残してきたであろう慎が待っていてくれた。事前に防寒対策はしようと約束していたので、今日の服装はお互いに厚着だ。

「うん、おはよう。どこから出る？　正面玄関は開いてないよね？」

「緊急外来の出入口なら開いてるらしいから、そこから出よう」

「慎、本当にいいの？　きっと怒られるだけじゃ済まないよ」

「舞こそいいの？　舞は外出許可が下りるんだから、本当は堂々と外に出られるのに」

「いいよ。慎と一緒じゃなきゃ意味ないから」

「うん、僕もだよ。よし、行こう！」

覚悟を決めた私たちは、そのまま病院を抜け出した。

外の世界はまだ眠りについていて、とても静かだった。誰も渡っていない横断歩道。道端に置いてある飲みかけの缶コーヒー。電線に止まっている鳥たちが、まるでラジオ体操でもはじめるみたいに整列している。そんな朝の空気を目一杯に吸い込んだら、ちょっとだけ肺がびっくりしていた。

「舞、寒くない？」

「平気だよ。慎こそ大丈夫？」

「僕もカイロ貼ってきたから平気だよ」

「え、どこに？　お腹？　ちょっと見せて！」

ダメダメ」

洋服を捲って確かめようとしたら、小走りで逃げられた。「待ってよ」なんて追いかけると、慎がふざけて逆走してくるから、今度は私が逃げた。笑い声が空に響いても、私たちしかいないから気にしない。少し高くなっている縁石ブロックにふたりして乗って、「落ちたら負けね」なんて言いながら歩いた。

「――まもなく一番線に上り電車がまいります」

始発を待つ駅のホームに、アナウンスが流れる。早朝ということもあって人の姿がまばらで、みんな眠そうな顔をしていた。海がある場所までは電車を三本も乗り継がなければいけない。

「舞、ここに座ろ」

慎に誘導してもらいながら、私はドアに近い席へと腰を下ろした。

もしもなにか起きた時にはすぐ降りられるようにしておかなければいけない。

ふたりして発作が起きてしまった時のために、自分たちの名前と病名、病院の番号を書いた紙をヘルプマークの裏側に挟んだし、それを失《な》くしてしまった時のためにポケットにも同じ紙が入っている。薬も多めに持った。スマホのモバイルバッテリーもリュックに入れた。それから、それから……。

「舞、大丈夫だよ」

隣で慎がにこりとした。不安になりやすい私の心を、いつだって彼が支えてくれる。

「あ、見て」

慎が指さす方向に目を向けると、電車の窓から病院が見えた。さっきまであそこにいたのに、今はずいぶん遠くにある気がする。

「なんか病院にいる時より、体が軽い感じがする」

「ね、私も」

「このまま治ったらいいのに」

本当に風邪みたいに治ってしまえばいいと思う。電車はふたりで夕焼けを眺めた歩道橋の下を通過しようとしていた。屋上から何度も見ていた電車に、慎とふたりで乗っている。それだけで私の胸は、幸せでいっぱいだった。

暫く揺られているうちに朝日が昇ってきて、電車に乗り込んでくる人も増えてきた。その中には制服を着ている学生もいて、女子たちが慎のことを見てはしゃいでいる。……やっぱり、モテるな。こんなことを思うのは図々しいけれど、言葉にも出せないけれど、慎の隣に座っている私が、彼女に見えていたらいいなと思った。

「舞って、学校帰りにもよく病院に来てたでしょ。それで、友達らしき人に電話で色んな言い訳をしてたね」

なるべく学校は休みたくなかったから、いつも診察は夕方の時間に入れてもらっていた。だから、放課後の約束を断らなければいけないことが多々あった。友達から『やっぱり遊ぼうよ』なんていう電話がかかってきた時には、彼が言っていたとおりその場しのぎの言い訳を並べていた。

「バレたくなかったんだよ、どうしても」

「今は？」

「病気を隠す必要はなくても、わざわざ自分から言うことではないって今でも思ってるよ。だってほら、伝えたからには理解してほしいって思っちゃうじゃん。そういう価値観って、やっぱり人それぞれ違うものだと思うから」

「舞が成長してる」

「成長じゃないよ。ちゃんと気づいただけ」

「でも舞はずっと前からその感覚を持っていたと思うよ。だから、気を使わせないために友達にも言い訳をしてたんだと思うし。そういう時の舞って、すごく強そうな顔をするよね」

「えーなにそれ」

「とくに制服姿の舞は、鎧を着てるみたいだった」

「やだ、鎧《よろい》って戦国武将じゃん」

「うん。戦闘状態の舞はいつも背筋が伸びてて、それが妙にカッコよくてさ、僕も真似をしようって密《ひそ》かに思ってた」

違うよ、慎。私の背筋が伸びていたのは、周りに弱いことを悟られたくなかっただけ。そうしていれば病気のことも、死ぬとか生きるとかそういう難しいことも、考えなくていいと思っていた。

でも、いつまで生きられるのか、いつ死ぬのかじゃなくて、大切なのはその時間を誰と過ごしたか。

誰のために生きたいと思って、誰に向かって生きてほしいと願ったのか、大切なのはそれだった。

「私、慎がいればなんにもいらないよ」

心で呟こうとしていたのに、きっと声に出ていた。彼が応えるように私の肩に頭を乗せてくるから、同じように頭をくっつけた。

いつの間にか繋がっていた手から、慎の体温が伝わってくる。窓から入ってくる日差しが暖かい。好きな人とふたりだけの世界なんて、きっとどこにもないだろうけれど、今日だけは邪魔されたくない。誰がなんと言おうと、今だけは、この瞬間だけは、私と慎だけの世界だ。

最後の電車は乗り換えなしの一本道。朝が早かったせいか瞼が落ちかけてきた頃に、慎から肩を叩かれた。

「舞、見て」

窓の外に目を向けると、ダイヤモンドみたいに輝いている海が広がっていた。

「わあ、着いた……！」

子供のように興奮している私を見て、慎が微笑んでいる。電車から降りて改札口を抜けると、すぐに潮の香りがした。ここは有名な納涼スポットになっていて、駅の目の前が海になっている。

「え？」

砂浜に足を入れようとした時、あるものを見つけた。それは海岸沿いに植えられた桜の木。今の季節に咲いているはずがないのに、ピンク色の花が美しく並んでいた。

「十月から一月までに開花を迎える冬桜だって」

私が驚いている間に、慎がスマホで調べてくれた。

「冬に咲く桜なんてあるんだね。はじめて知った」

「季節を間違えてる感じはあるけどね」

「ちょっ、言い方」

「まあ、僕らも間違えてるし？」

慎の手のひらに花びらが落ちてきた。それを受け止めたあと、彼は息を吹き掛けて海のほうに桜を飛ばしてみせた。

私たちは顔を見合わせて、クスリとする。桜を追いかけるように裸足になり、そのまま海に向かって走った。

「水、つめたっ」

勢いよく足を入れたのはいいけれど、冬の海は凍ってしまいそうなほど冷たかった。柔らかい砂の上に足を戻そうとしたら、突然慎から水をかけられた。

「はは、当たった！」

「ちょっと、やめてよ」

「水を掛け合うのが、海の醍醐味《だいごみ》でしょ」

「それ夏の話ね。冬に掛け合うなんて、ただの罰ゲームだよ」

「えいっ」

「本当にやめて」

「えい、えい」

「もう、慎……！」

完全に火がついてしまった私は、倍にしてやり返した。手ですくっていた攻撃が、いつの間にか蹴りになる。水しぶきが上がるたびに、私たちの洋服の色が変わっていった。

風邪をひくかもしれないけれど、今日だけは関係ない。今の私たちは患者でも病人でもなく、十七歳の岩瀬舞と宇佐見慎。みんなと同じように息をして生きているんだ。

「あーあ、こんなに濡《ぬ》れちゃってどうする気？」

砂浜に戻ってきた私たちは、当然びしょ濡れだった。すぐに帰るつもりなんてないけれど、これは乾かないと電車にも乗れないレベルだ。

「舞がタオル持ってきてるの知ってる」

「なんで知ってるの？」

「持ってきてるだろうなってことを知ってるだけ」

「慎って、超能力者？」

「わかるのは、舞のことだけだよ」

バレているなら仕方ないと、彼の髪をタオルで拭いてあげた。そうしたらお返しのように、慎も私の髪も拭いてくれた。

「慎、ありがとう」

私は心地いい波の音に耳をすます。冷たい潮風と、柔らかい砂浜。海に来たことがなかった私を、ここまで連れてきてくれた。慎がいなかったら、私はこんなにも近くで海を見ることはできなかった。

「こっちこそ、ありがとうだよ」

慎にお礼を言われて切なくなるのは、やっぱり私たちにタイムリミットがあるからだ。彼の病気について、頭が痛くなるほど調べても、最終的には必ず心臓移植にたどり着く。諦めていなくても、望みを捨てていなくても、この世界にはどうにもできないことがある。だからこそ慎は、私の願いを叶えるために海に行こうと言ってくれた。

どうして、慎なのだろう。誰よりも優しくて、誰よりも生きなければいけない彼のことを、神様は早く側に置きたがる。

世界には八十億の人間がいるのに、なんで慎を選ぶの？

「……ねえ、慎」

もしかしたら、私は今から口にする言葉をずっと彼に言ってしまいたかったのかもしれない。心の奥底で眠っていたけれど、どうしても消えてくれなかったこの言葉を。

「死ぬのを待つより、ここで選んだほうが楽だと思わない？」

目の前にはコバルトブルーに輝く海だけが広がっている。人間は海から生まれた生き物らしいから、きっと海に還《かえ》っても苦しくない。

いつ発作が起きるのか、いつ心臓が動かなくなるのか。そんな恐怖を抱えながら病院のベッドで最後を待つくらいなら、いっそこのまま一緒に……。

「前にも言ったでしょ。僕は舞がいなくなる以上に怖いことはないって」

それを聞いて、私は手に力を込めた。

「正直、舞に会うまで大切なものなんてなかった。希望は捨ててなくても、頭のどこかで、明日どうなっているかわからない自分がそんなものを作っちゃいけないと思ってたんだよ」

慎はいつも私に前向きなことを言ってくれた。だから生きることにも前向きなんだと思ってた。でも本当は……ずっと、ずっと、慎も自分の終わりを考えていたんだね。

「舞より大切なものなんてない。だから、そんなことを言わないで」

慎に頭を撫でられた。我慢できずに泣いてしまった私の肩を、彼が引き寄せる。

私に生きろって言うなら、慎も死なないで。お願いだから私から離れないでって本当は言いたいけれど、きっと慎は頷いたりしない。

彼は嘘をつかない、優しい優しい人だから。

「慎の心臓の音、聴いてもいい？」

「いいよ」

彼の胸に耳を当てると、穏やかな鼓動がした。

それはまるで、海のさざ波みたいな音だ。

「慎も私の心臓の音を聴いて」

「え、で、でも、それは……」

「お願い」

こんなこと、他の人にはしない。慎だから聴いてほしい。慎には私の鼓動を覚えていてほしいの。私の瞳に根負けしたみたいに、彼は私の左胸に耳を当ててくれた。

「動いてる？」

「うん。ちゃんと動いてる」

「心って……ここにあるのかな」

「心は舞自身だよ」

「私自身……？」

「たとえこの心臓が別のものになったとしても、舞の心はなくならない。舞が舞でいる限り、この心は舞のものだ」

ドクン、ドクン、ドクン。いつかこの音の終わりがやってくるかもしれない。明日なのか、一年後なのかはわからない。何度も苦しめられて、憎らしく思ったこともあったけれど、今は愛しくて涙が出る。

慎に聴いてもらえた心臓で、私はずっと生きたかった。

私に聴かせてくれた慎の心臓で、これからも生きてほしい。

「慎、生きて。ずっとずっと生きて……っ」

一度は飲み込んだ言葉が溢れ出す。やっぱり慎は頷いてくれなかったけれど、返事の代わりに二回目のキスをしてくれた。それは私と慎の瞳から流れた涙の味だった。

＊

一日だけの逃避行から数日後、私は慎の部屋にいた。椅子に腰かけて見返しているのは、スマホでたくさん撮った海の時の写真だ。内側カメラにしてふたりで撮ったものもあれば、私がこっそり彼だけを撮影した写真もある。

「あー本当に楽しかったな。また行きたい」

「でもめちゃくちゃ怒られたよね」

「うん、これでもかってくらいにね」

私たちが海から病院に戻ったのは、午後四時過ぎ。いつも温厚な風間先生にふたりしてこっぴどく叱られて、もちろんお母さんからも怒られた。

出かけた理由を聞かれた私は素直に『好きな人と今しかできないことをしにいった』と答えた。

納得してもらえないと思っていたけれど、お母さんは『舞が悔いなく帰ってきたならそれでいい』と言ってくれた。

悔いはない。でも、まだまだ慎と一緒に行きたいところや見たい景色がある。海は想像以上に綺麗だったけれど、願いは増えるばかりだ。

「今さらこんなことを言うのは変かもしれないけど、慎と同じ病院でよかったたって思ってる」

──『岩瀬舞さんだよね？』

屋上で声をかけられた日から、全てがはじまった。もしも、ずっとひとりでいることを選んでいたら、私はこんなふうに笑えなかったし、病気の自分のことも否定し続けていたと思う。

「実は一度だけ母さんの故郷に移り住む話が出て、通院先を変えるための手続きをしてた時期があったんだ」

「お母さんの故郷って、どの辺？」

「自然豊かで僕は好きな場所なんだけど、かなり遠いよ。だからもうこの街には戻ってこれない覚悟もしてたんだけど、引っ越し準備の途中で僕がどうしてもここに残りたいって母さんに頼んだんだ」

「やっぱり、ここを離れるのが嫌だったの？」

「ううん。この病院に舞がいたからだよ」

「え？」

「きっと一目惚れだった。小学生の時にはじめて舞のことを見かけて、すぐ中村さんに名前を聞いた。同じ病院に通院してる子だって知って、なにがなんでも引っ越せなくなった。振り返れば、あれが僕にとっての最初で最後のわがままだったかも」

――『いつも舞ちゃんのことを目で追ってるし、舞ちゃんと話しているといつも楽しそうに笑ってる。あと小学生の時に……って、ふふ、これは内緒だったわ』

たしか前に中村さんが不自然に口を濁したことがあった。それってまさか……このことだったの？

「僕、舞に会えて本当によかった」

「やだ、急にそんなこと言わないでよ」

私はとっさに目を逸らした。慎の視線が熱い。今、目が合ったら、泣いてしまいそうだ。

「また怒った？　舞はすぐ不機嫌になるからなあ」

「そっちがわざとからかってくるからでしょ」

「はは、やっぱり怒ってる」

友達と呼ぶには寂しくて、恋人と呼ぶにはまだ早い。私たちの関係にまだ名前はなくても、彼が特別であることは、これから先も変わらないって言い切れる。

……コンコン。その時、病室の扉がノックされた。廊下から顔を出したのは中村さんだった。

「あ、やっぱり舞ちゃんここにいた。もうすぐ診察の時間よ」

「え、もうそんな時間?」

時間は気にしていたつもりだったけど、つい慎と話し込んでしまった。

「舞、またね」

部屋を出る寸前、背中越しに慎の声がした。私はすぐ振り返ったけれど、静かに閉まった扉からはもう彼の顔は見えなかった。


それから間もなくのこと。私の診察中に慌ただしく看護師が入ってきた。

「風間先生、三〇二号室の慎くんが……!」

ガタッ。その言葉を聞いて、思わず椅子から飛び上がった。「わかった、すぐに行く」と返事をした先生の後を追うように、私も慎の病室に向かった。

「……慎っ!」

部屋ではたくさんの看護師たちが出入りしていた。ベッドの上にいる慎はすでに酸素マスクが着けられていて、とても苦しそうな顔をしている。さっきまで元気に話していたのに嘘でしょ……?

信じられない気持ちでいる中、風間先生が聴診器で慎の心音を確認していた。お願い、大丈夫だって言って。その願いも虚しく、先生の第一声は……。

「今すぐ慎くんのお母さんに連絡して。早くっ!」

病室が一気にただならぬ空間に変わった。お母さんに連絡って……なにそれ、どういう意味?

この前はすぐ集中治療室に運んで治療をしてくれたのに、どうして今日はなにもしてくれないの?

慎が苦しそうにしている。早く誰か治してあげてよ、ねぇ……。

「先生、慎を助けてよ!」

風間先生に近寄ったら、看護師に制止された。

「慎くんにできる治療は全てやった。慎くんの心臓はもう……」

ドクン、ドクン。誰か私の鼓動を慎に分けてよ。お願いだから、誰か慎を助けて。どうかまだ、止めないで。どんなに弱くても、どんなに限界でも、まだ生きることをやめないでよ、慎。

その日の夜、慎の部屋から明かりが消えることはなかった。私は今日だけ就寝時間を過ぎても出歩いていいと言われて、何回も彼の部屋まで往復した。

ベッドで眠っている慎の呼吸は弱いけれど、まだ自分で息をしてくれている。このまま何事もなかったように目覚めるのではないかと思いたい。でも、生まれてから死ぬまでに心臓が鼓動する回数は決まっているんだって。それなら慎はあと何回?

「慎、慎……」

彼のお母さんが手を握りながら、祈るように名前を呼び続けている。私はあえて病室には入らないで、廊下にいた。

慎は私に頑張れと言ったことはない。

いつもいつだって、なにも言わずに傍にいてくれた。

それがどんなに嬉しくて、どれだけ励まされてきたか慎は知らないでしょう？

だから、私も頑張れって言わない。

頑張らなくてもいいよ、なんて言わない。

頑張ったねって、褒めたりもしない。

ねえ、慎。まだ一緒に頑張ろう。

一分でも一秒でも長く私はきみといたい。

ほんの少しでもいいから、慎と同じ世界で生きていたいよ。

いつの間にか外が明るくなっていた。部屋に入ると彼のお母さんは手を握ったまま眠っていた。

「……慎」

呼びかけても、返事は返ってこない。

――『僕、舞に会えて本当によかった』

慎はどうしてあの時、私に会えてよかったなんて言ったのだろうか。

もしかして、なにかを悟っていた？

私だって本当は慎に会えてよかったって言いたかった。

それなのにこのままじゃ……なにも伝えられずに終わってしまう。

「慎、起きてよ。お願いだから目を覚まして」

そう呟いた瞬間、心電図が大きく反応した。心拍の異常を知らせるアラームの音が病室に響く。

「慎、慎っ！」

どんなに揺らしても彼は反応しない。慎のお母さんが急いで先生を呼びにいく中、私はうわ言のように声をかけた。

「……ねえ、慎、これで終わりじゃないよね？」

涙が彼の頬に落ちる。慎の手を触っても、握り返してはくれない。いつも温かい彼の体温が徐々に消えていく。

「やだ……目を開けてよ。私はまだ慎になにも返せてない。言いたいことも話したいこともたくさんあるの。だから死なないで、私をひとりにしないでよっ……！」

泣きながら叫ぶと、先生が部屋に入ってきた。先生が彼の目にライトを当てている。

気づくと病室には、慎のことを長く見守ってきた看護師たちが集まってきていた。

なんでみんな、最後みたいな顔をしてるの？

私は怖くなって、慎の病室から飛び出した。誰でもいつか命は終わる。それがいつなのか、どこなのか、そんなことは誰にもわからない。でも私は信じたくないし、受け入れたくない。逃げて、逃げて、逃げ続けたら、これは現実じゃなくなる？

「舞ちゃんっ！」

足音がしたと思えば、後ろから中村さんと風間先生が走ってきた。

「……最後だから慎の傍にいてって言いにきたの？」

「違うの、あのね……」

中村さんがなにかを言いかけると、「ここから先は僕が言うよ」と風間先生が間に入った。そういえば先生は慎の病室にいなかった。慎の主治医なのに、今までなにをしていたの？

「さっき連絡があって、舞ちゃんの心臓に適合するドナーが見つかったんだ」

……ドクン。え、なに？　聞き間違い？

先生は今、なんて言ったの？

私の動揺とは反対に、風間先生は同じ言葉を冷静に繰り返した。

「舞ちゃんのドナーが見つかったんだよ」

膝から崩れ落ちそうになったのは喜びなんかじゃない。目まぐるしいスピードで襲ってくる現実に、私は声を張り上げた。

「なに言ってるの？　だったらその心臓を慎にあげてよ。当たり前でしょ、そんなの。慎が今死にそうになってるのに私のドナーが見つかった？　冗談はやめてよ」

慎は何年もドナーを待ち続けた。それなのになんで私？

「新しい心臓が見つかったなら、早く慎にあげてよ。先生ならできるでしょ？　ねえ、早く！」

「舞ちゃん、落ち着いて」

「まだ間に合うから。慎はまだ息をしてるから。諦めないでよ、誰も慎のことを諦めないで助けてよっ……！」

「僕だって慎くんを助けたい。1％でも望みがあるなら移植もしたい。でもその心臓は慎くんには適合しなかった。そしてピタリと合ったのが舞ちゃん、きみだよ」

風間先生の声が震えていた。

なんで、なんで、慎じゃなくて私なの？

私はまだ元気だし生きられる。でも慎は？

慎の命はもうすぐ消えようとしてるんでしょ？

「……先生、お願いだから慎に心臓をあげてよ。私はなにもいらないからっ……！」

──ドクンッ。そう叫んだ瞬間、急に息ができなくなった。

「……っ……」

胸を押さえながらその場にしゃがみ込むと、風間先生と中村さんが駆け寄ってきた。

「舞ちゃんっ!!」

風間先生の声が耳元で響く。それが遠くに聞こえるのは気のせいじゃない。意識が朦朧《もうろう》としてきた中でも、やっぱり頭に浮かぶのは慎のこと。

もしもこのまま終われたら、私は慎と同じ場所に行ける？

そうしたら離ればなれになることはない？

「中村さん、急いでストレッチャーの準備を！」

「はいっ！」

先生もういいよ。これで楽になれるなら、いっそこのまま終わらせて。

だって次に目を覚ました時、慎はもういないかもしれない。

そんな悲しみ、私には耐えられない。

きっときっと、生きるよりつらいことだよ。

だから慎と同じ場所へ行かせて。

それで今度こそ、ちゃんと伝えるの。私は慎のことが──。

最終章　未来という名の

気づくと私は駅のホームにいた。着ている洋服はなぜか制服に変わっている。

もしかして夢？　それともここが天国？

どこの駅かわからないけれど、なんだか懐かしい気持ちがする。

「まもなく一番線に上り電車がまいります」

始発に乗り込んだ時と同じアナウンスが聞こえた。ゆっくりとホームに入ってきた電車は、まるで貸し切りみたいに空いている。これなら好きな席に座れると思って、すぐに乗ろうとしたら……。

「ダメだ！」

いつかの夢と同じ声で止められた。顔を上げると、電車の中に慎がいた。

「……慎！」

なんだ、ここにいたんだ！

嬉しくなって隣に行こうとすると、それを手で止められた。

「舞が乗る電車はこれじゃない」

いつも優しい彼が、厳しい顔をした。慎に触れたいのに、もっと近くに行きたいのに、それを拒まれている気がして悲しくなった。

「なんでそんなこと言うの？　慎は私と離れても平気なの？」

「………」

「私は嫌だよ。これからもずっと一緒にいたい。いつもみたいに手を握っててよ、慎」

私の言葉に彼はなにも返してくれない。それが寂しくて、私たちは同じ気持ちじゃないのって腹が立った。

「慎は私のことが嫌いになったの？」

だからなにも言ってくれないの？

だから私を置いていくの？

「……私ね、ドナーが見つかったの。慎がずっと待ち続けたドナーだよ」

「舞はどうしたい？」

「私だけ助かったって意味ないよ。慎がいなくちゃ、慎がいてくれなくちゃ……」

──『死ぬのを待つより、ここで選んだほうが楽だと思わない？』

あの海で言ったことは本気だった。あのままふたりで最後を迎えられたら、私は幸せだった。でも慎はそれを許してくれない。いつだって私に生きろって言う。

「……慎、どこ行くの？　私も連れてってよ」

彼が首を横に振ると、電車のドアがゆっくりと閉まってしまった。

「待って、行かないでっ！　私は慎にまだなんにも伝えてない！」

必死に窓を叩いた。ホームに発車の汽笛が鳴り響くと、私の気持ちを無視して慎を乗せた電車が進んでいく。

「……慎、慎っ！　お願いだからなにも言わずに行かないで！」

泣きながら追いかける私を見て、彼の唇が僅かに動いた。

「舞、僕は――」

＊

目が覚めると私は病室のベッドの上だった。頬を伝って流れる涙が冷たい。

「舞ちゃん……っ」

顔を横に向けると、中村さんが泣いていた。それは私を心配する涙と、もうひとつ。

「舞ちゃん、慎くんが……」

廊下から声にならない啜《すす》り泣きが聞こえてくる。私は叫ぶこともなく、喚《わめ》くこともなく、天井を見つめながら言った。

「うん、知ってる」

知っているよ。だって慎はなにも言わずに行ってしまったから。私もなにひとつ伝えられないまま、悲しみだけを残してきみは遠くに行ってしまった。

ねえ、慎。私は不安なことがあると、いつも慎を思い出してた。そうしたらどうしようって思っていたことが、どうにかしてやろうって気持ちに変わるの。

だけどその強さをくれたきみはいない。

どこを探しても、もうこの世界に慎はいない。

慎さえいればそれでよかったのに、私はこれからどうやって生きていけばいいの？

そのあと、ふらふらと三〇二号室に向かった。長い間眠っていたように感じたけれど、私が意識を失っていたのは一時間ほどだった。

なのにさっきまでいたはずの慎の姿は部屋になく、空っぽになったベッドだけが置かれていた。

慎はどこに行ってしまったのだろう。彼のベッドに近づいて、手を当てた。顔を埋《うず》めるとまだ慎の匂いがして、また涙が溢れる。手で何度もシーツをなぞりながら、彼の温もりを必死で探した。

「……っ、慎……」

本当にもう会えないの？

悲しみで胸が押し潰されている中、部屋の扉が開いた。「慎――」と思わず名前を呼んだけれど、そこに立っていたのは風間先生だった。

「舞ちゃん」

私は拒絶するように、背中を向けた。今はなにも聞きたくないし、ひとりでいたい。

「舞ちゃん、移植のことだけど……」

「こんな時にやめてよっ！」

なんでこの状況で、そんなことが言えるの？

私は胸が張り裂けそうなほど悲しいのに。

「……つらいのはわかる。でも移植の返事には時間が限られているんだ。舞ちゃんの家族には承諾してもらった。あとは舞ちゃん自身が……」

「しない」

先生の声を遮って、はっきり伝えた。

「しないって今すぐ返事をして。そしたら心臓は他の人のところに行けるでしょ？」

移植を必要としている人は大勢いる。その中には私と同じように、適合する人だっているはずだ。

「舞ちゃん……」

先生がなにかを言いたそうにしている。私はそれを聞かないために、矢継ぎ早に言葉を紡いだ。

「そうやって先生は移植、移植ってすぐに頭を切り替えられていいね。心臓移植をすればテレビで取り上げられるもんね。この病院だって有名になるし、先生にとっていいことだらけだね」

「舞ちゃん、違うよ。みんなきみのことを救いたくて……」

「だからもういいって言ってるの！　私の気持ちなんて誰もわからない。もう放っておいてよ……」

また、ぽろぽろと涙が溢れた。私は慎がいないとこんなにも情緒不安定だ。背後で先生の足音がした。きっと呆れて出ていったんだろう。これでいい。慎がいない世界なんて、意味がない。だから私が生きる意味だって……。

「舞ちゃん、よく聞いて」

その時、私の肩にそっと手が添えられた。びっくりして顔を上げると、風間先生は膝を突いて私と同じ目線になっていた。

「舞ちゃんがどれほど慎くんのことを大切に想っていたか僕は知っている。だからこそ、全力できみを助けたいんだ」

先生の手が小刻みに震えている。気丈に振る舞っていても、先生が同じように悲しんでいることは、ちゃんとわかっている。わかっていても、私は簡単に頷くことはできない。

「舞ちゃんの心臓に適合した子は、きみと同じ十七歳の女の子だよ」

「……え？」

「その子のご家族は考えて、考え抜いて臓器提供を受け入れてくれた。提供者のご家族はみんな苦渋の選択をする。だけど最後には口を揃えてこう言うんだ。肉体がなくなっても誰かの体の中で生きられるのならって」

「………」

「舞ちゃん、この心臓はきみを選んだ。医者や神様じゃない。提供してくれた女の子の心臓が舞ちゃんを選んだんだよ」

――『たしかに運も必要だろうけど、そういうのって選ばれるんだよ』

ふと、慎の声が聞こえた気がした。

誰かの命を貰うこと。それが心臓移植だ。私はずっと自分にはそんな資格はないって、誰かの代わりに生きるなんて無理だと思っていた。でも慎は、私の病気が治るように神様に祈ると言ってくれた。

彼はなにも言わずに行った？

ううん、ちゃんと私に残して行った。

『でも僕は舞に生きてほしい。どんなことがあっても、生きることを選んでほしいって思ってる』

それが慎から私に託された、強い強い願いだ。

「……少しだけ。時間がないのはわかってるけど、もう少しだけひとりで考えさせてください」

三〇二号室を出て廊下を歩いていたら、その途中で中村さんに会った。

「舞ちゃん……」

中村さんの目もだいぶ腫れている。もしかしたら隠れて大泣きしていたのかもしれない。おそらく看護師は患者の前で泣いてはいけないと言われているはず。でも私は同じように泣いてくれたほうが安心できる。

「中村さんにひとつだけ、聞きたいことがあるんだけどいい？」

「なに？」

「慎は……最後どんな顔をしてた？　いっぱいいっぱい苦しそうにしてた？」

私は夢の中でしか、彼の最後を知らない。慎が生きていた最後の時間。どんな気持ちだったのかはわからなくても、顔だけは知りたかった。それを知らないままでいたら、私は一生後悔する。

「慎くんは眠るようにして息を引き取ったわ。苦しい顔なんかじゃなくて、とても穏やかな顔をしてた」

それを聞いて、一筋の涙が流れた。彼は長い間、つらい闘病生活をしていた。その姿を私にも見せてはくれなかったけれど、泣きたいほど逃げたい夜もあったはずだ。

だから、最後くらいは苦しまないでほしいと思っていたから、中村さんからの言葉を聞いて安心した。

「舞ちゃん。これね、慎くんの枕の下から出てきたの」

中村さんがポケットから取り出したのは、ハート型の折り紙だった。いつ折ったのかはわからないけれど、彼が最後に残してくれたものであることは間違いない。

「きっと舞ちゃんに渡すためのものよ」

私は折り紙を受け取った。これがどんな意味なのか、もう慎に聞くことはできない。

中村さんと別れて、エレベーターに乗り込む。向かったのは病院の最上階。慎と何度も訪れた屋上だった。

屋上はまだ冬の匂いがした。冷たい空気を吸い込みながら、銀色の手すりを握る。目の前に広がっているのは、慎と眺めた景色。数えきれないほどここに来て、いくつもの言葉を交わした。けれど、慎はもう私の隣にはいない。ビルとビルの間から電車が見えても、あの笑顔を向けてくれることもない。また涙が滲《にじ》んできて、何回も目を擦った。

寒がりになったのは、人の温かさを知ったから。泣き虫になったのは、人といることを覚えてしまったから。会いたいと思うのは、きみのことが好きだったから。

「……全部、慎のせいだよ」

悲しくなるのも、切なくなるのも、苦しくなるのも全部、慎のせいだ。

私はどうしたら、いいんだろう。これから、どうしていけばいいんだろう。

答えがほしくて、慎の声を思い出したくて、私は彼との日々を心の中で巡らせた。

『心は舞自身だよ』

『たとえこの心臓が別のものになったとしても、舞の心はなくならない。舞が舞でいる限り、この心は舞のものだ』

左胸に手を当てると、私の心臓がゆっくり動いている。この心臓がなくなっても、私は私のまま。一緒に過ごした時間も、教えてくれたことも、慎への気持ちも、ずっとずっと残っていくのかもしれない。だけど、私は自信がない。慎がいない世界で、どうやって生きていけばいいのか。生きていく必要があるのか、すごく迷っている。

「……誰か教えて」

縋《すが》るような思いで、ハートの折り紙を空にかざした。すると太陽で透けた紙から、なにかが見えた。……なんだろう。破れないように慎重に折り紙を崩してみる。

「こ、これって……」

その裏側には彼の筆跡で書かれた文字が残されていた。びっくりして、私は折り紙を裏返した。私宛てではないかもしれない。でも、ここには慎からのメッセージが書かれている。少し考えたあと、私はまたゆっくりと折り紙を反対側にした。深呼吸をして目を通す。そこには、こんなことが書かれていた。

舞へ
この手紙を開いてくれてありがとう
今まで色々な話をしたけれど、大切なことを言い忘れていました
出逢った頃から、僕は舞が好きでした
舞を置いて死んでしまう僕だけど
きみの隣にいられる幸せを感じていました
次があるかはわからないけれど
もしも生まれ変わることができたら
次は舞より絶対に長生きするから
僕の彼女になってください

「……っ、慎……」

溢れる涙を止めることができなかった。

彼は最後まで闘った。運命ではなく、自分自身と闘って、ちゃんと十七年を生きた。

優しくて、不器用で、やっぱり優しすぎる慎の本当の願いを、ようやく教えてもらえた。

さよならなんて、必要ない。だって彼が未来の約束をしてくれた。だから、私は慎の電車には乗らない。一緒に行きたいけど行かないよ。

その代わり、もしもその時が来たら一番に迎えに来て。その頃には抱えきれないくらいの話を持って会いにいくから、ゆっくり待っていてほしい。

私は慎がくれた約束と勇気に背中を押されて、そのまま屋上を出た。向かったのは、風間先生がいる診察室。もう心に迷いはない。やっと堂々と、この言葉を言うことができる。

「私、心臓移植を受けます。大切な人のために私は生きたいです！」

慎が生きられなかった明日を、諦めるようなことはしない。私は一分でも一秒でも長く生きる。それも慎が教えてくれた。

＊

――心臓移植から三か月後。麗《うら》らかな春を迎えて、私は高校三年生になった。

「あれ、姉ちゃん出かけるの？」

支度を終えて玄関を開けようとしたところで、サッカーボールを抱えた和樹と鉢合わせた。私の学年がひとつ上がったように、弟も小学四年生になってクラブ活動がはじまった。もちろん和樹はサッカークラブに入って、こうして休日には友達と練習したりしている。

「今日は帰ってくるの早いじゃん」

「昼ご飯を食べたらまた集まるよ。それで、姉ちゃんはどこに行くの？」

「これから病院に行くとこ」

「え、でも今日は定期検診の日じゃないよね？」

「ふふ、ちょっと、ね」

私は意味深に微笑んだ。

――『私、心臓移植を受けます。大切な人のために私は生きたいです！』

風間先生に移植を受けると伝えてからすぐに、私の手術の準備がはじまった。

ドナーの心臓が病院に届き、そこから全身麻酔で十時間以上の手術をした。

その証として、私の胸の真ん中には縦の線が入っている。

私はそれを傷跡とは呼びたくなくて、心臓を提供してくれた女の子と一緒に生きていく覚悟の印だと思っている。

その気持ちが伝わってくれたのか、新しい心臓との拒絶反応に苦しむこともなく、こんなにも早く退院できたのは奇跡だと風間先生から言われた。

ドナーになってくれた子の名前は知らない。お互いの名前を教えてはいけないという決まりがあるそうだ。それでもお礼の手紙だけは書けることを聞いて、私は先日、風間先生に渡しにいった。それは責任を持って心臓を提供してくれた子の家族に届けてくれることを約束してくれた。


「あら、舞ちゃん。こんにちは」

病院に着いて廊下を歩いていたら、中村さんに会った。今でも月一で心臓の経過を診せにきているけれど、中村さんは忙しいから顔を合わせる機会はめっきり減った。

「中村さんがくれた花束、まだ生き生きしてるよ」

退院の日、私のことを見送るためにたくさんの医師や看護師が正面玄関に集まってくれた。そして代表者の中村さんが大きな花束を渡してくれて、その顔は泣きすぎてぐちゃぐちゃになっていた。お世話になった人たちにお礼を伝えて、お父さんが運転する車で帰った時。遠ざかっていく病院を見て、やっぱり私も泣いた。

「あら、本当に？　舞ちゃんのお母さんはお花が好きだもんね」

「育ててるのは、私なんだけど」

「えっ、入院してた時はお花にちっとも興味がなさそうだったのに」

「変わったの、色々と！」

大嫌いだった病院は慎と出逢えたことで、いつの間にか温かい場所になった。今でもここには私のことを支えてくれる人たちが大勢いる。だから私は勝手にその人たちのことをもうひとつの家族だと思っている。

「学校はどう？」

「うん、楽しいよ」

「卒業後の進路は決めた？」

「ううん、それはまだ」

「ふふ、いつでも近況報告しにきてね」

私はこの春から学校に復帰した。長期的に休んでいたことで不安はあったけれど、クラス替えをした教室にも早めに馴染むことができた。

百合たちとも、廊下で会えば普通に話す。もう同じグループではないし、遊ぶ関係ではなくなったけれど、やっぱりこれでよかったんだと前よりもずっと私らしい毎日を送ることができている。

「舞ちゃん！」

とある病室を訪ねると、嬉しそうな声が飛んできた。この子は私が使っていた部屋に入院している十二歳の女の子。退院したあとすぐに新しい患者さんが入ったことを耳にしていたから、どんな子だろうと気になって自分から話しかけた。それからは友達というより、妹ができたみたいな関係が続いている。

「ねえ、Wi-Fi繋がってるところ知らない？　暇なのに推しの動画が見れなくてつらい〜！」

入院生活の退屈さなら、私も知っている。だからそんな時は決まって、この話題を振るようにしている。

「でもほら、話し相手ならいるでしょ？」

「えー誰のこと？」

「三〇二号室の男の子のことだよ」

実はこの子が入院した次の日に、慎の部屋にも新しい患者が入った。ふたりは同い年だから、よく屋上で待ち合わせをしてるらしい。

「まあ、たしかに話はよくするけどさ」

「その子とは、どんな感じ？」

「どんな感じって別に普通だよ、普通」

「その男の子、イケメン？」

「えー推しに比べたら大したことないっていうか……」

「でも前に顔はタイプだって言ってたじゃん」

「……まあ、うん。顔は普通に好きだけど」

「なにかあるといいね」

「もう、なにもないって〜！」

まんざらでもない様子に、私はクスリとした。病院はとても閉鎖的だけど、そのぶん誰かと支え合っていける場所でもある。私と同じようにこの子たちにも、大切な人が見つかりますようにと願った。


病院を出ると、柔らかな風が吹いた。まるで私の髪の毛を慎が触っているみたいだ。

彼はもうこの街にはいない。お母さんの故郷に還った慎は、きっと自由にどこへでも行っているはず。晴れた日は空を飛ぶ鳥に。雨上がりには七色の虹に。夜は輝く星になって、いつでも私の心を照らしてくれるだろう。

慎と同じ時間を過ごすことができなくても、ちゃんと傍にいる。

それは、ここ。慎はずっとずっと私の心にいてくれるから。

「あ、舞、病院には行ってきたの？　これから夕飯の買い出しにいくんだけど一緒に来てよ」

「えー！」

道の途中でお母さんとばったり会ってしまい、そのまま腕を組まれた。

「ちょっと、恥ずかしいからやめてよ」

「こうやってできるのも今だけなんだからいいでしょう。舞が大人になったら買い物だって一緒に行ってくれないかもしれないじゃない」

「行くよ、大人になっても」

「ふふ、本当に？」

お母さんは嬉しそうに目を細めた。

移植をしたからといって、なにもかも健康になったわけじゃない。新しい心臓を拒絶しないための薬は一生飲み続けなければいけないし、二十年後の生存率は五〇パーセントになるそうだ。

あと三年の命と言われていた私が、二十年。

変だって思われるかもしれないけれど、十分だと思った。

生きることは決して当たり前のことではないと知っているから、私は一日一日を大切にできる自信がある。だからきっと、これからの日々は誰よりも深くて濃い時間になると思う。

「その折り紙、いつも持ち歩いてるね」

「うん、私のお守りだから」

胸に当てたのは、好きな人がくれたハートの折り紙。

ねえ、慎。私が未来を諦めそうになった時、怒ってくれたことを覚えてる?
なんで叶えられないなんて言うんだって。
移植をして全部叶えられている未来になってるかもしれないって、言ってくれたね。
私は今、その未来にいる。
挫《くじ》けそうになることも、泣きたくなることも、きっとあると思う。
それでも私は大人になるから。
ちゃんと生きたよって、胸を張って会いにいくから。
——『舞、またね』
あの日、言えなかった言葉を。
これは、きみと私の未来の約束。
「慎、ありがとう。またね」
その瞬間、また優しい風が吹く。
慎が応えるように、笑ってくれた気がした。

番外編　恋という名の

──『舞ちゃん、そろそろ心臓移植について本気で考えてみようか』

自分の心臓が三年もたないと宣告をされてから、丁度今年で三回目の春を迎えた。

春はいつも優しくて、暖かくて、まるできみみたいな季節だと毎年巡ってくるたびに思っている。

あれから高校を無事に卒業して、私は大学に進学した。本当は恩人たちのように自分も医者を志し、たくさんの人を救いたいなんて考えていたのはほんの一瞬で、勉強が苦手な私は当然医学の道には進めなかった。

その代わりに色々な人と繋がりたいという夢ができた。誰とも関わりたくないと思っていた私が、人と関わる仕事をするために、今は語学の勉強をしている。

「……はあ、着いた！」

駅の改札口を抜けて、ホッと胸を撫で下ろした。相変わらず心配性な私はどこへ行くにも大荷物で、今日も背中には重いリュックを背負っている。

朝早く家を出たはずなのに、時計はもう十四時を回っていた。ここまで新幹線と電車を使って約六時間。新幹線に乗ったのも、ひとりで遠出をするのもはじめてだったからか体感ではもっと長く感じた。

「えっと、ここからどうやって行けばいいんだろう」

目的地までのルートはある程度頭に入っているとはいえ、想像以上に駅は閑散としている。駅前に必ずあると思い込んでいた交番は見当たらず、コンビニもなければ、人がいそうな店もない。

　こんな時は地図に頼ろうとスマホを取り出した。現在位置のマップを表示してくれるアプリを開こうとしたら、突然画面が真っ暗になった。ボタンを長押ししても電源が入らない。……まさか、電池切れ？

　移動中に音楽を聴きすぎたことを反省しつつ、こんなこともあろうかとリュックにはモバイルバッテリーが入っている。抜け目がない自分を褒めながら充電しようとしたら、なぜかモバイルバッテリーのUSBケーブルが抜けている。リュックに手を突っ込んで探してみても見つからない。ついにはひとつひとつ中身を地面に出して、リュックのポケットまで隅々と確認したけれど、USBケーブルはどこにもなかった。

「……充電できないじゃん」

　ケーブルを忘れるなんてアホすぎる。どうしようと途方に暮れていると、手押し車を使って歩いているおばあちゃんを見つけた。これを逃したら人に会えないと思った私は、全速力で近づいて声をかけた。

「あの、すみません！　山峰《やまみね》霊園に行くにはどうしたらいいですか？」

「はい？」

「道がわからなくて教えていただけるとありがたいんですが……」

「ここにスーパーはないですよ」

「あ、スーパーじゃなくて霊園です」

「冷麺？」

「ち、違います、違います、霊園。山峰霊園」

「やみやま？」

「や、ま、み、ね！」

耳が遠いおばあちゃんに苦戦しながら、なんとか霊園までの行き方を教えてもらえた。

山道を抜けた先にあるという霊園まで行くためにはバスを使うしかないらしい。

バス停はすぐ見つかったものの、時刻表を見て驚いた。……一日に三本しかない？

しかも九時と十二時のバスは終わっていて、次は十六時だ。

「あと二時間もあるし……ふっはは！」

なかなかたどり着けないことが、なんだかおかしくなってきた。私は雨ざらしで錆《さ》びているベンチに座って、バスをゆっくり待つことにした。

大学生になってから、一人暮らしをはじめた。憧れがあったという理由の他に、家族と少し離れてみたい気持ちもあった。お父さんとお母さんと和樹を鬱陶しく思っているとかそういうことではなくて、今までずっと家族に守られてきた自分だから、今度は守れる側になれるように自立したかった。

お母さんは猛反対、お父さんは好きにしたらいいと言ってくれて、和樹は姉ちゃんの家に行けばゲームし放題だって喜んでいた。お母さんを説得して、家と大学の中間地点の場所に住むということで折り合いをつけた。

最初は大変だった一人暮らしも少しずつ慣れてきて、料理も覚えた。掃除も洗濯もゴミ出しもできるようになり、インディアングラスフィッシュも最近飼いはじめた。

やっぱり体が透けていて、透明みたいに白かった彼のようだと心が和む。

自分では順調に大人になってきたと思う。だから少し自信がついて、余裕もできてきて、今の私を見てほしいと思ったから、ここに来た。

この町は、慎のお母さんの故郷。

そして、彼が好きだと言っていた場所。

「慎、会いにきたよ」

彼が眠る場所に着く頃には、すっかり辺りは茜色に染まっていた。それは病院の屋上で見た空と同じ色をしている。私はそっと彼の前に腰を下ろして手を合わせた。

この三年間、長かったか短かったかと聞かれれば、私は長かったと答えるだろう。寂しさというのはとても厄介で、時間が経つごとに薄くなるどころか濃くなった。

大学の授業に追われて、暇さえあればバイトを入れた。そうやって忙しくすることで、慎がいない寂しさを埋めていたのかもしれない。

彼と過ごした日々は、期間にするとたったの四か月。人生のほんの少しの時間だったのに、今でも彼は私の心の真ん中にいる。

「慎、見て、二十歳の集いの写真。振袖の色を迷いに迷ったんだけど赤にしたよ。けっこういい感じでしょ？」

「あとあと、車の免許も取ったよ！　まだ車は必要ないし教習所の試験以降運転はしてないんだけどね」

「ドライブにも行ってみたいんだけど、誰も付き合ってくれないんだ。和樹を誘っても絶対に嫌だって言うんだよ？」

「和樹も気づいたらもう中学一年生だよ。あんなにチビだったのに最近は身長も伸びてきて今は私と同じくらい。来年には抜かれるんじゃないかな」

「あ、それからね、この前お酒デビューをしました！　まあ、一口飲んだだけだけど。ビールが思っていた以上に苦くてびっくりした。私はまだジュースでいいかな」

三年間の報告が止まらない。和樹ともよく慎の話をする。あの頃、弟にとって慎は憧れの人だったらしい。頭がよくて、折り紙がうまくて、カッコいい。きっと今でも彼のことをヒーローだと思っているはずだ。

──『高校を無事に卒業して、社会人か大学生か、それ以外の進路でも、舞が今より大人になってる三年後の姿が見てみたい』

大人になれないと言われていた私が、二十歳になった。

叶えられないと諦めていたことを、ひとつずつ叶えることもできた。

それは全て慎が願ってくれたこと。

十七歳と二十歳。変わったことは数えきれないほどある。

でも同じ数だけ変わっていないこともある。

不器用なところ。気分の浮き沈みが激しいところ。すぐ顔に出るところ。素直じゃないところ。桃ゼリーが大好物なところ。朝焼けより夕焼けが好きなところ。それから、まだ慎を想っているところ。

もしも同じように成長していたら、彼はどんな大人になっていたのだろうと想像する時がある。

あの頃と比べると人と出会う回数が増えて、人生を電車で例えるなら、私の電車はつねに満員だ。だけど、慎より素敵な人には出会えていない。これからも、出会えないと思う。

彼は私に、生きろと言った。

どんなことがあっても、生きることを選んでほしいと言った。

だから、この三年間を大切に生きた。

自分の胸に手を当てると、今日も元気に心臓が動いている。

息をして、話ができて、ここにいること。

私は地球が青くて丸いように、明日は絶対に来るものだって思っていた。

でも私の心臓が鼓動するたびに、どこかで心臓が止まる人がいる。

明日が来ると思っていたのに、来なかった人がいる。

ずっと隣にいてほしかった人と、もう会えなくなったりもする。

当たり前のことなんて、この世界にはひとつもない。

だからこそ、私は小さなことでも幸せを感じられる。

ううん、感じていける人になりたい。

――ざわっ……。

霊園にある草木が風で揺れた。いつものように、慎が無邪気な顔で私をからかっているみたい。バスの最終に乗ってきたから、帰り方は考えていない。

「今日は時間を気にしないで話そう。三年かかっちゃったけど、あの日の返事も書いてきたよ」

私は慎の墓石に、ハートの折り紙を置いた。

慎へ
この手紙を読んでくれてありがとう
今まで色々な話をしたけれど、私も大切なことを言い忘れていました
私もきみが好きでした
今でも、これからも、慎は私の好きな人です
次があるかはわからないけれど
もしも生まれ変わることができたら
次は私より絶対に長生きしてください
そうしたら、約束どおり慎の彼女になってもいいよ

あとがき

このたびは「君がいなくなるその日まで」をお手に取ってくださって、ありがとうございます！

本作は私のデビュー作であり、七年前にブルーレーベル（ケータイ小説文庫）から発売されました。それから月日が流れて、野いちごジュニア文庫として生まれ変わり、今回スターツ出版文庫として三回目のご縁をいただきました。

ジュニア文庫版では舞と慎の年齢や出会い方などを調整しましたが、今回はデビュー作の雰囲気をできる限り残しながら、ジュニア文庫で書き直した部分もたくさん本編に入れました。念願だった慎への手紙の返事も書くことができたので、私の中で本作は完全版だと思っています。

デビュー作から七年が経過したように、医学も同じ年月が進んでいます。

今回二〇一六年版の情報のまま物語を書きましたが、慎の病気の生存率というのも今では驚くほど上がっています。医療の進歩に感銘を受ける一方で、もしも七年前に今の医学を目にしていたら、私は慎が生きている未来を書いたかもしれないと、何度も考える瞬間がありました。そうやって今だったら救えた命が過去にたくさんあり、救えなかった命があったからこそ医療は今でも進歩し続けていることを忘れてはいけないと、私自身も改めて思いました。

舞と慎の物語は、私の原点です。舞に心臓を提供してくれた女の子の物語もいつか書いてみたいと思っているので、実現できるように頑張ります。

最後になりますが、この物語に関わってくださった全ての方々。素敵なイラストを描いてくださったまかろんK先生。いつも応援してくださる読者の方々。この場をお借りして感謝申し上げます。

もしもこの作品を気に入ってくださったら、是非とも二〇一六年版のケータイ小説文庫、そして野いちごジュニア文庫の舞と慎も読んでいただけたら嬉しいです！

また物語を通して、あなたに逢えることを願って。

永良サチ

この物語はフィクションです。実在の人物、団体等とは一切関係がありません。

本作は二〇一六年十月に小社・ケータイ小説文庫『キミがいなくなるその日まで』として刊行された作品に、一部加筆・修正したものです。

永良サチ先生へのファンレターのあて先
〒104-0031　東京都中央区京橋1-3-1　八重洲口大栄ビル7F
スターツ出版（株）書籍編集部 気付
永良サチ先生

君がいなくなるその日まで

2023年11月28日　初版第1刷発行

著　者　　永良サチ　

発 行 人　菊地修一
デザイン　カバー 齋藤知恵子
　　　　　フォーマット　西村弘美
発 行 所　スターツ出版株式会社
　　　　　〒104-0031
　　　　　東京都中央区京橋1-3-1　八重洲口大栄ビル7F
　　　　　出版マーケティンググループ　TEL 03-6202-0386
　　　　　（ご注文等に関するお問い合わせ）
　　　　　URL　https://starts-pub.jp/
印 刷 所　大日本印刷株式会社

Printed in Japan

ISBN　978-4-8137-1505-4　C0193

スターツ出版文庫　好評発売中!!

『きみは僕の夜に閃く花火だった』　此見《このみ》えこ・著

高二の夏休み、優秀な兄の受験勉強の邪魔になるからと田舎の叔母の家に行くことになった陽。家に居場所もなく叔母にも追い返され途方に暮れる陽の前に現れたのは、人懐っこく天真爛漫な女子高生・まつりだった。「じゃあ、うちに来ますか？その代わり——」彼女の“復讐計画”に協力することを条件に、不思議な同居生活が始まる。彼女が提示した同居のルールは——【1.同居を秘密にすること　2.わたしより先に寝ないこと　3.好きにならないこと】強引な彼女に振り回されるうち、いつしか陽は惹かれていくが、彼女のある秘密を知ってしまい…。

ISBN978-4-8137-1494-1／定価649円（本体590円+税10%）

『君の世界からわたしが消えても。』　羽衣音《はいね》ミカ・著

双子の姉である美月の恋人・奏汰に片想いする高２の葉月は、自分の気持ちを押し殺し、ふたりを応援している。しかし、美月と奏汰は事故に遭い、美月は亡くなり、奏汰は昏睡状態に陥った——。その後、奏汰は目覚めるが、美月以外の記憶を失っていて、葉月を“美月”と呼んだ。酷な現実に心を痛めながらも、美月のフリをして懸命に奏汰を支えようとする葉月だけれど…？　葉月の切ない気持ちに共感！

ISBN978-4-8137-1496-5／定価682円（本体620円+税10%）

『龍神と許嫁の赤い花印三～追放された一族～』　クレハ・著

龍神・波琉からミトへの愛は増すばかり。そんな中、天界から別の龍神・煌理が二人に会いに来る。煌理から明かされた、百年前にミトの一族が起こした事件の真相。そしてその事件の因縁から、天界を追放された元龍神・堕ち神がミトに襲い迫る。危険の最中、ミトは死後も波琉と天界に行ける“花の契り”の存在を知る。しかし、それは同時に輪廻の輪から外れ、家族との縁が完全に切れる契りだという…。最初は驚き、躊躇うミトだったが、波琉の優しく真っすぐな愛に心を決め——。「ミト、永遠を一緒に生きよう」

ISBN978-4-8137-1497-2／定価671円（本体610円+税10%）

『薄幸花嫁と鬼の幸せな契約結婚～揺らがぬ永久の愛～』　朝比奈希夜《あさひなきよ》・著

その身に蛇神を宿し、不幸を招くと虐げられて育った瑠璃子。ある日、川に身を投げようとしたところを美しい鬼のあやかしである紫明に救われ、二人は契約結婚を結ぶことになる。愛なき結婚のはずが、紫明に愛を注がれ、あやかし頭の妻となった瑠璃子は幸福な生活を送っていた。しかし、蛇神を狙う勢力が瑠璃子の周囲に手をだし始め——。「俺が必ずお前を救ってみせる。だから俺とともに生きてくれ」辛い運命を背負った少女が永久の愛を得る、和風あやかしシンデレラストーリー。

ISBN978-4-8137-1498-9／定価671円（本体610円+税10%）

スターツ出版文庫　好評発売中!!

『またね。～もう会えなくても、君との恋を忘れない～』　小桜菜《こざくらな》々《な》・著

もうすぐ高校生になる菜摘は、将来の夢も趣味も持たないまま、なんとなく日々を過ごしていた。そんな中、志望校の体験入学で先輩・大輔と出会い、一瞬で恋に落ちてしまう。偶然の再会を果たしたふたりの距離は、急速に近づいていって…。別れ際の大ちゃんからの“またね”は、いつしか菜摘にとって特別な言葉になっていた。そんなある日、両想いを夢見る菜摘の元に彼から、“彼女ができた”という突然の知らせが届いて…。切なすぎる恋の実話に涙が止まらない‼

ISBN978-4-8137-1482-8／定価704円（本体640円+税10%）

『冷酷な鬼は身籠り花嫁を溺愛する』　真崎奈南《まさきなな》・著

両親を失い、伯父の家で従姉妹・瑠花に虐げられる美織。ある日、一族に伝わる“鬼灯の簪”の封印を瑠花が解いてしまい、極上の美貌をもつ鬼の当主・魁が姿を現す。美織は、封印を解いた瑠花の身代わりとして鬼の生贄となるが――。冷酷で恐ろしいはずの魁は「この日が来るのを待ち焦がれていた」と美織をまるで宝物のように愛し、幸せを与えてくれる。しかし、人間があやかしの住む常世で生き続けるには、あやかしである魁の子を身籠る必要があると知り…。鬼の子を宿し運命が変わる、和風あやかしシンデレラ物語。

ISBN978-4-8137-1484-2／定価660円（本体600円+税10%）

『水龍の軍神は政略結婚で愛を誓う』　琴織《ことおり》ゆき・著

あやかしの能力を引き継ぐ“継叉”の一族にもかかわらず、それを持たずに生まれた絃はある事件をきっかけに強力な結界へ引き籠っていた。十八歳になったある日、絃の元へ突如縁談が舞い込んでくる。相手はなんと水龍の力をもつ最強の軍神、冷泉士琉だった。「愛している。どれだけ言葉を尽くそうと、足りないくらいに」愛などない政略結婚だったはずが、士琉は思いがけず、絃にあふれんばかりの愛を伝えてくれて――。一族から見放され、虐げられていた絃は、士琉からの愛に再び生きる希望を見出していく。

ISBN978-4-8137-1485-9／定価726円（本体660円+税10%）

『わたしを変えたありえない出会い』

この世界に運命の出会いなんて存在しないと思っている麻衣子（『そこにいただけの私たち』櫻いいよ）ひとり過ごす夜に孤独を感じる雫（『孤独泥棒』加賀美真也）ひとの心の声が聞こえてしまう成道（『残酷な世界に生きる僕たちは』紀本明）部活の先輩にひそかに憧れる結衣（『君声ノート』南雲一乃）姉の死をきっかけに自分に傷を付けてしまう寿璃（『君と痛みを分かち合いたい』響ぴあの）。そんな彼女らと、電車で出会った元同級生、家に入ってきた泥棒、部活の先輩が…。灰色な日常が、ちょっと不思議な出会いで色づく短編集。

ISBN978-4-8137-1495-8／定価715円（本体650円+税10%）

スターツ出版文庫　好評発売中!!

『捨てられた花嫁と山神の生贄婚～帝都女学院の陰謀～』　飛野《とびの》 猶《ゆう》・著

家族に虐げられ、山神様の生贄花嫁となるため山に捨てられた絹子。しかしそんな不幸から一転、山神様であり、帝都きっての実業家でもある加々見に溺愛され、幸せな日々を送っていた。上流階級のみが通う帝都女学院に入学した絹子は、学院を牛耳る侯爵令嬢に虐められてしまうが…。「迎えにきた、俺の愛しい妻」と、授業参観にきた美しい加々見の姿にクラスは騒然!?　そして二人は新婚旅行で甘い時間を過ごす。その矢先、女学院で新たな事件が巻き起こり——大人気和風シンデレラファンタジー第二弾！

ISBN978-4-8137-1471-2／定価682円（本体620円+税10%）

『死神様に幸せな嫁入りを』　黒乃《くろの》 梓《あずさ》・著

叔母の家で虐げられ育った咲耶は、莫大な援助と引き換えに、人間界で暮らす神族のもとへ嫁がされる。相手は、神々からも恐れられ、花嫁になれば早死にすると噂される死神。しかし咲耶の前に現れたのは、この上ない美貌と財力を持つ冥加家当主・暁だった。愛のない政略結婚だったはずが、咲耶が花嫁として日々を懸命に過ごす中で、噂とはまるで違う暁の過保護な優しさに触れ、二人は徐々に惹かれ合う。「花嫁が必要なんじゃない。お前自身が必要なんだ」少女は心優しい死神のもとで愛を知る。和風シンデレラストーリー。

ISBN978-4-8137-1474-3／定価693円（本体630円+税10%）

『君がくれた1/2の奇跡』　いぬじゅん・著

高二の春、片想いをしていた翔琉に告白をされた紗菜。けれど幸せは一転、その直後、翔琉はバス事故に遭い帰らぬ人となってしまう。想いを伝えられなかった後悔を抱える紗菜は、もう一度翔琉に会いたいと強く願う。すると、事故のあった日へと戻ることに成功するが…。「運命は一度しか変えられない」彼を救いたい紗菜は奇跡を信じるけれど——。ラストで明かされる秘密に涙が止まらない、切ない純愛物語。

ISBN978-4-8137-1483-5／定価726円（本体660円+税10%）

『青春ゲシュタルト崩壊』　丸《まる》井《い》とまと・著

朝葉は勉強も部活も要領よくこなす優等生。部員の仲を取りもつ毎日を過ごすうちに、本音を飲み込むことに慣れ、自分の意見を見失っていた。そんなある日、朝葉は自分の顔が見えなくなる「青年期失顔症」を発症し、それを同級生の聖に知られてしまう。いつも自分の考えをはっきり言う聖に、周りに合わせてばかりの自分は軽蔑されるはず、と身構える朝葉。でも彼は、「疲れたら休んでもいいんじゃねぇの」と朝葉を学校から連れ出してくれた。聖の隣で笑顔を取り戻した朝葉は、自分の本当の気持ちを見つけはじめる——。

ISBN978-4-8137-1486-6／定価814円（本体740円+税10%）

書店店頭にご希望の本がない場合は、書店にてご注文いただけます。